Padre soltero

Rochelle Alers

D0755389

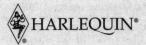

HARLEQUIN®

Editado por HARLEQUIN IBÉRICA, S.A.
Hermosilla, 21
28001 Madrid

I.S.B.N.: 84-671-3409-7
Depósito legal: B-47516-2005
Editor responsable: Luis Pugni
Composición: M.T. Color & Diseño, S.L.
C/. Colquide, 6 portal 2 - 3º H, 28230 Las Rozas (Madrid)
Fotomecánica: PREIMPRESIÓN 2000
C/. Algorta, 33. 28019 Madrid
Impresión y encuadernación: LITOGRAFÍA ROSÉS, S.A.
C/. Energía, 11. 08850 Gavá (Barcelona)
Fecha impresion para Argentina: 27.7.06
Distribuidor exclusivo para España: LOGISTA
Distribuidor para México: CODIPLYRSA
Distribuidores para Argentina: interior, BERTRAN, S.A.C. Vélez
Sársfield, 1950. Cap. Fed./ Buenos Aires y Gran Buenos Aires,
VACCARO SÁNCHEZ y Cía, S.A.
Distribuidor para Chile: DISTRIBUIDORA ALFA, S.A.

Capítulo Uno

—¿Quién diablos es usted?

Sorprendida por la voz que escuchó desde lo alto de la escalera de mano en que estaba subida para colgar una colorida cenefa de animales, una voz resonante que parecía provenir de las profundidades de la tierra, Kelly Andrews perdió el equilibrio y cayó hacia atrás. Su caída fue frenada por el pecho del hombre que tan silenciosamente había entrado en la clase.

Kelly dejó escapar el aliento a la vez que sus ojos se abrían de par en par a causa de la sorpresa. El hombre que la estaba sujetando era su atormentador y su salvador.

No había duda de que era un Blackstone. El rostro anguloso y huesudo era el mismo que el de Sheldon Blackstone. Sus ojos eran grises, pero no con el matiz plateado de los de su padre, sino que eran de un gris oscuro que recordó a Kelly a un cielo invernal antes de la tormenta.

Se preguntó cuál de los hijos Blackstone sería, Jeremy, el agente de la DEA, o Ryan, el veterinario. Fuera quién fuese, la incipiente barba negra de su mandíbula le daba un aspecto formidable. Miró su sensual labio inferior y se preguntó si se distendería alguna vez en una sonrisa espontánea.

La expresión de Ryan Blackstone reflejó la misma conmoción que la de la mujer que sostenía en brazos. Acababa de regresar a Virginia y a los ranchos Blackstone desde la facultad de veterinaria de la universidad de Tuskegee, donde había pasado dos semestres impartiendo diversos cursos como profesor visitante.

Minutos después de aparcar el coche en el garaje cercano a la casa principal se había fijado en las maliciosas sonrisas y los apagados susurros de algunos de los trabajadores que llevaban años empleados allí, pero decidió ignorarlos porque estaba deseando reunirse con su padre. Su hijo de cuatro años se había pasado el viaje de Alabama a Virginia parloteando sin cesar sobre su regreso a la granja de caballos y las ganas que tenía de volver a ver al abuelo.

Sheldon había recibido cálidamente a su hijo y a su nieto y luego le había dicho a Ryan que quería que conociera a la profesora del nuevo centro infantil, que por lo visto poseía una experiencia y unas credenciales magníficas. Ryan se alegró de recibir esa noticia, porque de ese modo los jóvenes que vivían en los ranchos Blackstone podrían contar con un entorno diario estructurado. Durante años habían sido espíritus libres con la granja como patio de juegos. Corrían descalzos por la hierba, trepaban a los árboles, nadaban en una de las lagunas y no paraban de entrar y salir del comedor para picar algo. Que por fin hubiera una escuela diaria en Blackstone era una magnífica noticia, pero no lo era que la mujer que sostenía en aquellos momentos entre sus brazos fuera la profesora.

Kelly apoyó las manos contra su pecho y lo empujó.

—Déjeme en el suelo, por favor, señor Blackstone.

El sonido de su ronca voz hizo que Ryan se sobresaltara. El suave y perfumado cuerpo presionado contra el suyo era tan agradable... Casi había olvidado el placer que suponía abrazar a una mujer, aunque aquella en concreto estuviera decidida a no compartir su cama.

—¿Quién lo pide? —preguntó.

—Kelly Andrews, la nueva profesora de la escuela de día de los ranchos Blackstone. Y espero que no tenga por costumbre hablar como lo ha hecho al entrar, sobre todo cuando haya niños cerca.

Ryan le dedicó una mirada iracunda. ¿Quién se creía que era aquella mujer?

—¿Qué ha dicho?

—Sí tiene el oído afectado puedo decírselo por señas, señor Blackstone. Además de profesora desde infantil a sexto grado, soy titulada en el lenguaje de signos. Y ahora voy a pedirle de nuevo que me deje en el suelo, o me veré

5

obligada a demostrarle en qué otras cosas estoy titulada.

Ryan decidió que le agradaba sostener en brazos a Kelly. Le gustaba el tono ligeramente ronco de su voz y el modo en que su curvilíneo cuerpo se ceñía al suyo. También le gustaba su olor.

—¿Es una forma de decirme que también es titulada en artes marciales?

Kelly sonrió mientras admiraba el rostro que se hallaba a escasos centímetros del suyo. Sus ojos eran preciosos y contrastaban llamativamente con su piel color café.

Lentamente, como en trance, Ryan bajó a Kelly hasta que sus pies tocaron el suelo de roble recién puesto.

De manera que aquélla era la mujer sobre la que todo el mundo había estado murmurando. Era la profesora que iba a asumir la responsabilidad de socializar a los jóvenes del rancho. Contempló sus ojos, del color de un centavo recién acuñado con destellos dorados. Estaban enmarcados por unas largas pestañas negras que parecían realzar su vitalidad. Su rostro de color marrón cobre era exquisito, con unos pómulos esculpidos y una delicada barbilla con la insinuación de un hoyuelo. Ryan no pudo evitar que una ligera sonrisa curvara las comisuras de sus labios. Kelly Andrews era encantadora; no, ¡en realidad era sensacional!

Al entrar en la clase se había encontrado ante un par de piernas increíblemente largas bajo unos vaqueros cortos y una estrecha cintura. La dueña de las piernas vestía también una blusa blanca sin mangas que llevaba sujeta con un nudo a la cintura. Una cinta roja apartaba de su rostro los rizos de su pelo corto.

–¿Cuántos años tiene?

Kelly lo miró con expresión asombrada y tuvo que morderse la lengua para no darle la respuesta que le habría gustado. No quería perder el trabajo antes de empezar.

–Por si no lo sabe, señor Blackstone hay leyes contra la discriminación por la edad en los centros de trabajo.

–Estoy al tanto de la ley, señorita Andrews. Y puedes llamarme Ryan. Mi padre es el señor Blackstone.

Aunque Sheldon Blackstone, era el dueño oficial del rancho, era Ryan quien asumía la responsabilidad de su funcionamiento diario. Su padre había vuelto a ocuparse de todo durante el último año sólo porque él había estado ocupado con sus clases. En su ausencia, Sheldon había entrevistado y contratado a Kelly para que enseñara a los niños.

Y dada la debilidad de Sheldon por las mujeres guapas, era evidente por qué la había contratado.

Kelly se irguió y le dedicó una sonrisa.

–Si estás al tanto de la ley, ¿por qué me has preguntado la edad?

–Pareces tan joven que... que... –balbuceó Ryan, incapaz de acabar la frase.

7

Había algo en la mirada de Kelly que hizo que se le tensaran los músculos del abdomen. Hacía mucho que una mujer no lograba excitarlo con una simple mirada. De hecho, no le había sucedido desde la primera vez que su mirada se cruzó con la de la mujer que acabó siendo su esposa y la madre de su hijo.

Kelly alzó una ceja y decidió dejar que Ryan se retorciera un poco más. En realidad debería darle la espalda para seguir con su trabajo. A pesar de que ya llevaba un mes allí, aún había mucho que hacer para poder iniciar las clases el lunes.

–Puedo asegurarte que soy lo suficientemente mayor para dar clases, Ryan.

–Es posible que sea así, Kelly, pero tengo intención de vigilarte atentamente durante tu periodo de prueba.

Kelly ladeó la cabeza y le dedicó otra sonrisa cautivadora.

–Supongo que no estás al tanto, pero en mi contrato no hay ninguna cláusula sobre un periodo de prueba.

Ryan cerró los ojos y maldijo en silencio a su padre por haberse dejado camelar por un rostro bonito. Era el propio Sheldon quien había insistido en que todos los empleados del rancho firmaran contratos que incluyeran un periodo de prueba.

Ryan no pudo evitar que su mirada se detuviera en los sensuales labios de la joven profesora.

–¿Qué le has prometido a mi padre?

La frente de Kelly se arrugó.

–¿Disculpa?

Ryan se inclinó hacia ella.

–Ya me has oído Kelly. Espero no tener que ser yo el que acabe utilizando el lenguaje de señas –la miró lentamente de arriba abajo–. Espero que cuando empieces a enseñar lleves algo más de ropa.

Sin darle oportunidad de replicar, giró sobre sus talones y salió del aula. Kelly se quedó mirando un par de anchos hombros que apenas cabían por la puerta. Después se sentó en la escalera, consciente de que el entusiasmo que había sentido aquella mañana se había esfumado. No hacía falta ser un genio para darse cuenta de que a Ryan Blackstone no le gustaban las mujeres... especialmente las jóvenes.

A los treinta años Kelly había experimentado algo que la mayoría de las mujeres de su edad no habían experimentado: era viuda. Acababa de cumplir veintiocho años cuando su marido, Simeon Randall, había resultado muerto en un atropello. La aparición de dos policías en su casa para pedirle que acudiera al hospital local porque su marido había muerto en un accidente de tráfico, había cambiado su vida para siempre. Había perdido a su primer amor, a su alma gemela, a su compañero. Incluso después de enterrarlo se negó a aceptar que no volvería a casa y siguió poniendo un plato en la mesa para él. Cuando su madre acudió a verla y le preguntó por qué seguía poniendo el plato, Kelly se desmoronó y sollozó entre sus brazos como solía hacer de pequeña. Camille Andrews se quedó con ella hasta que se tranquilizó.

Unos días después Kelly fue a ver al director del colegio en que trabajaba y renunció a su puesto. Después viajó a Washington a pasar un mes con su cuñada y su cuñado. El mes acabó convirtiéndose en dos años.

Regresó a Nueva York para poner en venta su apartamento e ingresó las ganancias que obtuvo en un banco de Washington. Conservó sus muebles en un almacén hasta que recibió su contrato oficial para enseñar en la escuela de día de los ranchos Blackstone. La antigua cama de caoba, el armario, las colchas, la mesa de hierro y las sillas que en otra época pertenecieron a su abuela se hallaban ya en el encantador bungalow que iba ser su casa durante el siguiente año.

Aún estaba sentada cuando la puerta volvió a abrirse. En aquella ocasión era Sheldon Blackstone quien acudió a verla.

–No te molestes en levantarte –dijo mientras se apoyaba contra la pared, cruzaba las piernas a la altura de los tobillos y miraba con evidente aprecio a su alrededor–. El aula ha quedado preciosa, señorita Kelly.

Ella asintió.

–Espero terminar de decorarla esta noche.

Sheldon frunció el ceño.

–¿Por qué no dejas eso para mañana?

Kelly observó el perfil de Sheldon y lo encontró bastante atractivo. Alto, fuerte, de brillantes ojos grises, el criador de caballos viudo aún podía atraer fácilmente a mujeres que tuvieran entre treinta y ochenta.

–¿Para qué?

–Esta noche se va a reunir todo el mundo en el comedor a las seis para dar la bienvenida a mi hijo y a mi nieto.

Sheldon había notado que Kelly acudía en raras ocasiones al comedor comunal desde que estaba en el rancho.

Kelly asintió.

–Allí estaré, señor Blackstone.

Sheldon se apartó de la pared a la vez que movía un dedo en dirección a Kelly.

–Ya te he dicho que aquí somos bastante informales. Llámame Sheldon, por favor.

–En ese caso, tú tendrás que llamarme Kelly.

–No –Sheldon negó con firmeza–. Delante de los niños te llamaré señorita Kelly. Tenemos una norma no escrita. Los niños no pueden dirigirse a los adultos por su nombre propio, especialmente a las mujeres. Sé que puede sonar anticuado y bastante sureño para uno del norte, pero es una tradición de Blackstone.

Kelly sonrió.

–Puede que sea de Nueva York, pero también tengo raíces sureñas. De Virginia por parte de padre y de Carolina del Sur por parte de madre.

—¿De qué parte de Virginia?

—De Newport News.

—Recuerdo que ahí comí el mejor marisco que he probado nunca.

—Tengo parientes pescadores en la zona

Sheldon miró su reloj.

—Espero verte luego.

—Me verás.

Kelly sonrió. «Espero verte luego». Aquélla era la sutil manera de Sheldon de ordenarle que comiera con los demás empleados. Desde que había ido a vivir al rancho sólo había utilizado en dos ocasiones el comedor para desayunar. Sheldon le había dicho que el desayuno y la cena eran estilo buffet, mientras que la comida del mediodía era compartida por todos los que trabajaban o vivían en el rancho, pero ella había estado demasiado ocupada a esas horas organizando el local para la clase y había preferido prepararse algo ligero de comer en su bungalow.

Reprimió el impulso de saludar militarmente a su jefe mientras éste salía. «De tal palo, tal astilla», pensó, pero decidió que prefería esperar antes de opinar respecto a los Blackstone. Después de todo eran responsables de una empresa que incluía miles de acres de tierras, millones de dólares en caballos y treinta empleados en nómina.

Tras ver el anuncio en el que solicitaban una profesora de primaria, Kelly había hecho todas las averiguaciones posibles sobre el rancho en Internet. Había averiguado que el rancho Blackstone era uno de los pocos que existían en los Estados Unidos cuyos dueños eran afro americanos.

Le gustaba aquella parte de Virginia, tan diferente a Nueva York o Washington. Aunque estaban a comienzos del verano, el calor y la humedad eran claramente inferiores. La propiedad, situada al oeste de Blue Ridge y al este de las cordilleras de la sierra de Shenandoah, y asentada en un precioso valle, iba a ser su hogar durante el siguiente año.

Miró su reloj. Eran casi las cuatro y media. Debía terminar de colgar la cenefa y luego ir a casa a prepararse algo de comer.

Salió de la clase veinte minutos después y cerró la puerta. Sheldon ya le había presentado a algunos de los empleados del rancho, pero aquella sería la primera noche que se relacionaría con todos socialmente. También iba a ser la primera vez que iba a conocer a los padres de los niños que iban a asistir a la escuela.

Y acudir al comedor también iba a suponer verse de nuevo con Ryan Blackstone. La había pillado desprevenida cuando había entrado en la escuela, pero no pensaba permitir que volviera a hacerlo.

Capítulo Dos

Kelly aparcó su Honda entre dos baquetea-
das camionetas. Aún eran las seis menos cuarto, pero la zona de aparcamiento ya estaba
hasta los topes. Apenas había dado unos pasos
cuando lo vio.

Ryan iba vestido de negro: camisa de hilo,
pantalones y botas. El color le hacía parecer
más alto, más impresionante. Aunque había ra-
lentizado el paso para acomodarlo al ritmo de
los pequeños que llevaba de la mano, aún era
de admirar la fluidez de su proporcionado y
bello físico. Había algo en Ryan que le recordaba a Simeon, aunque en realidad los dos
hombres no se parecían en nada.

—Hace una tarde magnífica, ¿verdad, señorita Kelly?

La fresca brisa de la montaña agitó las hojas de
los árboles, llevando consigo el dulce aroma
de las flores que crecían en el valle.

Kelly se detuvo y contuvo el aliento. Ryan
también se había detenido y se había vuelto a
mirarla. Se hallaba a unos metros de ella, sonriendo.

Kelly le devolvió la sonrisa.

–Desde luego, señor Blackstone –miró al niño que la estaba observando. No había duda de que era un Blackstone. Había heredado los rasgos de su padre. Le ofreció la mano. Según la información que le había dado Sheldon, Sean Blackstone había celebrado hacía poco su cuarto cumpleaños–. Hola –saludó a la vez que se inclinaba.

Ryan apoyó una mano en la cabeza de su hijo.

–Sean, ésta es la señorita Kelly. Ella va a ser tu profesora. Señorita Kelly, éste es mi hijo, Sean.

Sean miró la mano de Kelly y se arrimó a la pierna de su padre con el ceño fruncido.

–No quiero ir a la escuela.

Ryan no se fijó en la protesta de su hijo porque estaba totalmente concentrado en la mujer que tenía ante sí, vestida con una blusa blanca, falda negra y tacones negros.

No se había dado cuenta de que Kelly estaba tras él hasta que había detectado el aroma de su perfume. Sus piernas y brazos expuestos brillaban a causa de una crema aromática que hizo que una descarga de electricidad recorriera el cuerpo de Ryan. Tuvo que morderse el labio inferior para controlarse.

Sean tiró de la mano de su padre.

–¿Tengo que ir a la escuela, papá?

–Sí, tienes que ir.

Sean hizo un puchero.

–Pero yo no quiero ir.

–Ya hemos hablado de ese tema –dijo Ryan con severidad.

–¡No! No quiero ir. ¡Odio la escuela!

Kelly miró al niño unos segundos. Al parecer era tan testarudo como su padre.

–La escuela no es tan mala –dijo para tratar de calmar al pequeño–. ¿Qué te parece si vienes a verla después de la comida para ver si te gusta?

Los ojos de Sean se llenaron de lágrimas.

–¡No!

Ryan abrió la boca para regañar a su hijo, pero Kelly negó con la cabeza. Las amenazas no eran la solución. Sabía por su trabajo que lo que mejor funcionaba era la persuasión.

Miró a Ryan a los ojos.

–Mañana por la mañana voy a abrir la escuela a las diez para enseñar a todos los niños su nueva escuela –bajó la mirada hacia Sean–. Me encantaría que viniera.

No tenía pensado enseñar la clase a los niños hasta el lunes por la mañana, pero estaba dispuesta a hacer una excepción si ello significaba conquistar a Sean.

Ryan la tomó por el codo y los tres se encaminaron hacia la entrada del comedor. Mientras avanzaban se inclinó hacia Kelly y susurró junto a su oído:

–Gracias.

Un momento después entraban en el edificio de una planta al que llevaban refiriéndose hacía años en el rancho como el comedor. El vestíbulo estaba abarrotado de personas, algunas de las cuales eran totalmente desconocidas para Kelly. Se puso ligeramente rígida antes de relajar su espalda bajo los dedos extendidos de Ryan.

Cerró los ojos brevemente para soportar el contacto y la cercanía de Ryan. Le recordaba a lo que había perdido. Cuando salía con Simeon, éste siempre dejaba silenciosamente claro que era suya. Bien fuera tomándola de la mano o pasando un brazo por su cintura, siempre comunicaba su afán de posesión y protección. Al abrir los ojos vio que Ryan la estaba mirando.

–¿Has conocido ya a todo el mundo?

Kelly negó con la cabeza.

–No he tenido tiempo –explicó con suavidad–. Me llevó una semana instalarme en el bungalow y el resto del tiempo lo he dedicado a organizar y preparar el aula.

Ryan frunció el ceño.

–¿Y no has contado con la ayuda de nadie?

–Sí. Tú padre me dijo que podía contar con Dennis cada vez que necesitara mover o alzar cajas pesadas de un sitio a otro.

Kelly, Sean y Ryan entraron en el comedor y fueron recibidos por una salva de aplausos y silbidos. Sheldon se hallaba en pie bajo una pancarta que decía *¡Bienvenidos a Blackstone!* En el centro de cada mesa había unos globos flotantes rojos y negros, los colores de la cuadra. Habría unas doce mesas, cada una para cuatro personas, y ya estaban siendo ocupadas por los empleados que vivían en la propiedad.

Sheldon hizo una seña para que Ryan se acercara.

–La señorita Kelly, tú y Sean os sentaréis conmigo.

Ryan apartó una silla para Kelly mientras Sheldon hacía lo mismo para su nieto, al que acarició la cabeza.

Kelly descolgó el bolso de su hombro y lo dejó en su regazo mientras miraba a su alrededor.

El exterior del edificio, como sucedía con casi todos los edificios de la granja, llevaba a engaño. A pesar de su sencillez exterior, el interior solía ser extraordinario. El mobiliario del comedor podía rivalizar con el de cualquier restaurante de categoría de una ciudad. Paredes forradas de madera con molduras decorativas, amplias ventanas con vidrios tintados, alfombras mullidas, lámparas de mesa estilo Tyffany...

El rancho Blackstone era un lugar claramente rentable y, dado que había ganado numerosos premios a lo largo de los años por sus pura sangre, Sheldon se había asegurado de que mantuviera cierta imagen.

Aún de pie, Sheldon alzó una copa llena de agua e hizo un gesto con la mano para pedir silencio.

–El discurso no va a ser muy largo –dijo, provocando las risas de los presentes.

–Sí, claro –murmuró Kevin Manning, el adiestrador principal del rancho.

Sheldon dejó la copa en la mesa, se cruzó de brazos y miró severamente a su amigo de toda la vida.

–Si sigues haciendo comentarios, saco los papeles y os leo el discurso que tenía preparado.

–¡No! –exclamaron al unísono todos los reunidos en el comedor.

Kelly miró a Ryan cuando éste echó atrás la cabeza y rió. Su mirada se detuvo en su fuerte garganta. «De manera que puede reírse», pensó. La risa cambiaba su rostro, suavizándolo.

Sheldon inclinó la cabeza.

–¿Puedo continuar?

–Por favor –dijo Kevin, que unió ambas manos a modo de súplica.

–Ésta es una noche muy especial –continuó Sheldon–, y no sólo para mí, sino para todos en el rancho. Hoy han regresado mi hijo y mi nieto, espero que para pasar aquí algo más que unos meses, y quiero que todos deis la bienvenida al miembro más reciente de nuestra familia en el rancho, la señorita Kelly Andrews, la nueva profesora y directora de la escuela de día Blackstone.

Todas las miradas se volvieron hacia Kelly, que sintió que sus mejillas se acaloraban mientras todo el mundo rompía a aplaudir. Agradeció su tez oscura, pues de lo contrario todo el mundo habría notado su rubor. No pudo evitar sobresaltarse cuando Ryan apoyó una mano en la suya.

–Todos esperan que pronuncies unas palabras –susurró junto a su oído.

Kelly se sobresaltó de nuevo al sentir la calidez de su aliento. Ryan se levantó para ayudarle a apartar la silla de la mesa. Cuando Kelly se puso en pie, permaneció a su lado con la mano apoyada en su espalda.

Kelly sonrió a los reunidos y varios hombres la miraron con evidente aprecio.

–Me gustaría dar las gracias a Sheldon y a todo el mundo por su amabilidad y ayuda para montar la escuela –su voz, ronca y bellamente modulada, resultaba hipnótica. Miró a su alrededor y detuvo la mirada en Sean–. Mañana por la mañana voy a abrir la escuela a las diez para que la veáis todos, especialmente los niños, y para contaros lo que tengo planeado para el curso. La escuela empieza oficialmente el lunes a las ocho de la mañana, pero los padres que necesiten dejar a sus niños antes pueden hablar conmigo mañana –volvió a sonreír–. Gracias.

Ryan ayudó de nuevo a Kelly con la silla mientras sonreía en señal de aprobación. Escuchándola hablar era fácil deducir que no era una sureña. También era evidente que no estaba casada, y Ryan supo en ese instante que quería saber más sobre la señorita Kelly Andrews. Sabía que podía revisar su ficha personal para averiguar algunos detalles, pero lo que quería era información personal. ¿Tendría un ex marido, o un amante?

Ryan vio interrumpidos sus pensamientos cuando una joven camarera se acercó a su mesa a tomar nota. Kelly estaba mirando el menú. Había aperitivos de todas clases, chuletas, salmón asado, pollo con vegetales...

Al inclinarse hacia su derecha, un pecho de Kelly rozó el hombro de Ryan, que se volvió hacia ella con sus oscuras pupilas dilatadas. Sus miradas se encontraron y fundieron mientras sus respiraciones parecían adquirir un ritmo común. Kelly notó la virilidad que emanaba de Ryan simplemente con respirar.

–¿Qué me recomiendas? –preguntó.

–Todo –dijo Ryan sin dejar de mirarla.

–¿Cómo está el salmón?

Ryan frunció ligeramente el ceño.

–¿No has comido nunca el salmón de Cook?

–Nunca había comido aquí.

Ryan frunció aún más el ceño.

–¿Y dónde has comido?

–En mi bungalow.

–¿Y por qué te has dedicado a cocinar para ti si aquí tenemos un chef residente?

Kelly captó la censura de su tono.

–He estado trabajando mucho a diario y para cuando acababa el comedor ya estaba cerrado.

–Siempre puedes pedir que te lleven la comida al bungalow.

Kelly encogió un hombro.

—No lo sabía.

—Pues ahora ya lo sabes.

Kelly contempló la seria expresión de Ryan y deseó que volviera a sonreír. Alzó levemente la barbilla y una sonrisa tembló en sus labios, haciendo que los de Ryan también se curvaran.

Sentado frente a su hijo en la mesa, Sheldon fue testigo del sutil juego de seducción que estaba teniendo lugar ante él. No creía que Ryan o Kelly fueran conscientes de su mutuo embeleso.

Hacía menos de una hora que Ryan y él habían tenido una breve discusión sobre su decisión de contratar a Kelly Andrews. Y era la primera vez en años que había utilizado su condición de dueño principal del rancho para contrarrestar la opinión de Ryan. Su hijo pensaba que deberían haber contratado un profesor con mayor experiencia. Sheldon había zanjado la discusión diciéndole que debería buscarse una mujer con la que liberar su frustración sexual y luego había salido de la habitación dejando a su hijo boquiabierto.

No era su intención hacer de casamentero, y sabía que Ryan nunca se había implicado en una relación con una mujer que viviera o trabajara en el rancho. Pero, tras observar a Kelly durante las tres semanas pasadas, sospechaba que sabría apañárselas perfectamente sola con su hijo.

Lo había demostrado cuando Dennis Poole la había abordado después de que ella le pidiera ayuda para trasladar unas cajas a la escuela. Dennis había confiado a uno de los mozos de cuadra que Kelly le había dicho que, si alguna vez intentaba volver a tocarla, haría que cambiara de género en menos de un minuto. Dennis no estaba muy seguro de lo que había querido decir, pero había preferido no arriesgarse a averiguarlo.

Encargó su comida a la camarera pensando que sería agradable tener otro nieto antes de cumplir los sesenta. Ryan ya le había hecho abuelo en una ocasión, pero estaba deseando mimar a más de un miembro perteneciente a la siguiente generación de los Blackstone.

Kelly disfrutó de la comida. El salmón le había gustado especialmente. Durante la comida, Sheldon y Ryan habían hablado de caballos y Sean había interrumpido educadamente a su padre varias veces para hacer alguna pregunta. El niño parecía ligeramente retraído y Kelly se preguntó cuánto contacto habría tenido con su madre.

Al terminar de comer, casi todo el mundo fue pasando por la mesa para presentarse a ella y para dar la bienvenida a Ryan y Sean. Los niños se ocultaban tímidamente tras sus padres cuando Kelly decía que esperaba verlos al día siguiente en el colegio.

Al cabo de un rato, Kelly se limpió delicadamente con la servilleta y se puso en pie.

–La comida estaba exquisita –dijo, sonriente–. Gracias por vuestra compañía– Ryan y Sheldon se pusieron en pie de inmediato y Kelly miró a Sean, que no le devolvió la mirada–. Espero verte mañana por la mañana.

El niño se limitó a fruncir el ceño.

Sheldon dedicó un guiño a Kelly.

–Yo me ocupo de todo.

Kelly tomó su bolso, lo abrió para sacar la llave y volvió a cerrarlo.

–Buenas noches.

Ryan tomó una de sus manos y le hizo pasarla bajo su brazo.

–Te acompaño al coche.

–No hace falta que te molestes. Creo que podré encontrarlo sin dificultad en el aparcamiento –dijo Kelly con evidente humor.

–Quiero disculparme contigo.

–¿Por qué?

Ryan se inclinó hacia ella.

–Te lo diré luego.

Sean rodeó la mesa y tiró del brazo de su padre.

–Papá, ¿puedo quedarme con el abuelo esta noche?

Ryan bajó la mirada hacia su hijo antes de mirar a su padre.

–Por supuesto. Pero tienes que hacer caso de

lo que te diga tu abuelo, o pasará mucho tiempo antes de que vuelva a darte permiso para quedarte con él, ¿entendido?

Sean sonrió de oreja a oreja.

—Sí, papá.

Ryan salió con Kelly al aparcamiento.

—Mi padre se ocupará de llevar mañana a Sean a ver la clase.

—¿Estás seguro de que lograra hacerle venir?

—Mi padre puede conseguir que Sean haga lo que quiera. El niño lo adora porque lo mima demasiado.

Kelly sonrió.

—Se supone que para eso están los abuelos, para mimar a sus nietos.

Ryan asintió a la vez que alargaba una mano extendida hacia ella.

—Dame tus llaves, por favor.

—¿Por qué? —preguntó Kelly, desconcertada.

—Para llevarte en el coche hasta tu bungalow.

—No seas ridículo, Ryan. Vivo a menos de medio kilómetro de aquí.

Ryan le quitó la llave con firme delicadeza.

—Sé dónde vives.

—Pero Ryan...

—Nada de peros.

—¿Y cómo vas a volver?

—Caminando.

Ryan abrió la puerta de pasajeros para que Kelly pasara. Detuvo instintivamente la mirada en sus piernas desnudas cuando la falda se le subió ligeramente al sentarse. Luego rodeó el coche, se sentó tras el volante y lo puso en marcha. Tres minutos después lo detenía ante el bungalow de Kelly.

Ya había oscurecido por completo y podían verse las luces dispersas de algunas de las construcciones que había en los setecientos veinte acres del rancho Blackstone. El rancho estaba protegido por un circuito de cámaras estratégicamente situadas a lo largo de la propiedad, y nadie podía entrar o salir sin ser visto.

Kelly esperó a que Ryan rodeara el coche para ayudarla. Él abrió la puerta y le ofreció una mano que ella aceptó para salir. Después permanecieron de pie a escasos centímetros uno de otro, pero ella no intentó apartarse.

—Mis llaves, por favor —dijo a la vez que extendía la mano.

Ryan ignoró su petición y subió con ella las escaleras del porche hasta la puerta. Tras abrirla, devolvió la llave a Kelly.

—Gracias por acompañarme hasta la puerta.

El seductor sonido de su voz fue como una caricia para Ryan.

—Gracias por una tarde encantadora. Compartir la cena contigo ha hecho que mi regreso a casa fuera aún más especial.

Kelly bajó la mirada.

—Buenas noches.

Ryan la tomó con delicadeza por la barbilla para que lo mirara.

—Lo siento.

—¿Por qué? —susurró Kelly.

–Por haber hablado mal en tu clase, por haber sido un grosero y por haberme comportado como un completo gili... asno.

–¡Ryan!

Ryan sonrió.

–Podría haber terminado de decir gili...

–¡No! –gritó Kelly a la vez que se cubría las orejas con las manos.

Ryan la rodeó con los brazos por la cintura.

–No me digas que eres una mojigata.

Kelly apoyó las manos contra su pecho.

–No soy ninguna mojigata. Lo que sucede es que he escuchado ya suficientes blasfemias como para dos vidas enteras. No puedes imaginar las cosas que oigo decir a niños de cinco y seis años. Muchos de ellos no saben usar los verbos correctamente, pero pueden hacerte temblar con lo que son capaces de decir.

Ryan alzó una ceja.

–Cuando era pequeño, cada vez que decía una palabrota, mi madre me lavaba la boca con jabón, de manera que no tardé en aprender a no decir palabrotas delante de ella. Yo le decía que si papá las utilizaba, entonces debía estar bien, pero ella se negaba a aceptar mi razonamiento.

–Espero que no utilices palabrotas delante de tu hijo.

Ryan negó firmemente con la cabeza.

–Nunca

–Bien –Kelly se apartó de él–. Ahora tengo que entrar.

Ryan no quería irse. Quería sentarse con ella bajo las estrellas y hablar... ¿hablar sobre qué?

—Buenas noches, Kelly.

Ella lo miró unos segundos.

—Buenas noches, Ryan.

Kelly permaneció en el porche mientras Ryan se alejaba, y siguió contemplando su espalda hasta que se perdió en la oscuridad.

Capítulo Tres

Ryan fue a su casa con la mente llena de imágenes de Kelly. Durante la comida se había dedicado a observarla, a admirar su belleza natural y la comodidad con que parecía aceptar su feminidad.

Había permanecido sentada muy recta, con la espalda contra el respaldo del asiento, los hombros echados atrás y sus generosos pechos hacia delante. Él se había sentido como un mirón cada vez que había detenido los ojos en la rítmica subida y bajada de sus pechos mientras respiraba. Kelly llevaba una blusita de tirantes de encaje bajo su blusa y Ryan se había visto a sí mismo quitándosela.

Aunque llevaba tres años divorciado, durante ese periodo no había llevado una vida de monje. El día que obtuvo los papeles de su divorcio, condujo a Waynesboro, fue a un bar local y se puso a beber sin parar. Despertó en el dormitorio de una mujer con una resaca que le produjo arcadas constantes durante horas. Fue la primera y última vez que se emborrachó.

Cuando se despejó llamó a su padre para

que supiera que aún estaba vivo. Pasó el día siguiente desnudando su alma ante una desconocida. Lisa, que no quiso decirle su apellido, era ocho años mayor que él y acabó convirtiéndose en su confidente y en su amante. Su relación había acabado bruscamente las navidades de aquel año cuando ella lo había llamado para decirle que había decidido volver a casarse con su ex marido. Ryan le deseó la mayor felicidad posible y le envió un generoso cheque como regalo de bodas.

Dada su desenfadada actitud hacia las mujeres, no podía entender la intensidad de su atracción inicial por Kelly. Había algo tan atractivo en ella que estaba deseando meterse en su cama sin preocuparse por las consecuencias.

Llegó a su casa y abrió la puerta. En cuanto pasó al interior sintió el vacío que lo rodeaba. Cuando Sean pasaba la noche con Sheldon o con alguno de sus amiguitos, el sentimiento de vacío se intensificaba. Había pensado que se acostumbraría a la soledad, pero la sensación de vacío nunca llegaba a abandonarlo por completo.

Comenzó a experimentar aquella sensación pocos meses después de casarse con Caroline Harding, una joven que conoció en la universidad. Caroline comenzó a apartarse de él el día que descubrió que estaba embarazada. Según avanzaba su embarazo le confesó que se sentía atrapada, que odiaba vivir en el rancho y rogó a Ryan que la liberara de los lazos de su matrimonio. El accedió y ella se fue dos meses después de haber dado a luz un niño.

Ryan subió a la segunda planta, entró en su dormitorio y se dispuso a dormir... solo.

Aunque Kelly había pasado ocho horas en la cama, se levantó cansada. Había pasado la noche soñando y dando vueltas. Había soñado que estaba haciendo el amor con Simeon, pero al abrir los ojos no era su marido el que la estaba mirando, sino Ryan Blackstone.

Había saltado de la cama, temblando incontrolablemente a causa del sentimiento de culpabilidad. Había sido infiel al recuerdo de su marido. Tardó media hora en volver a dormirse, pero se despertó de nuevo con el mismo sueño. En aquella ocasión permaneció tumbada y disfrutó de la liberación de su traidor cuerpo. Unos minutos después se quedó profundamente dormida.

Por la mañana, en el baño, buscó en su reflejo en el espejo algún indicio de culpabilidad, pero no vio ninguno. Debía enfrentarse al hecho de que encontraba a Ryan atractivo porque era una mujer normal, con las necesidades sexuales normales de toda mujer. A los treinta años era demasiado joven para olvidar definitivamente el sexo. Eso era lo que había tratado de decirle su hermana Pamela. «Estoy segura de que si hubieras muerto tú en lugar de Simeon él no habría dejado de ver a otras mujeres», le había repetido insistentemente. «¿Qué necesidad hay de que te conviertas en una viuda mártir?».

Ella no había sabido qué responder. Lo que no sabían Pamela, Leo Porter ni ella en aquella época era que no había conocido al hombre adecuado.

¿Pero era Ryan Blackstone el hombre adecuado?

–No –dijo con firmeza a su reflejo.

Mientras llenaba la bañera y se limpiaba los dientes trató de apartar los recuerdos sobre cierto veterinario de su mente.

Ryan miró el reloj de su mesilla de noche y masculló una maldición. Estaban a punto de dar las tres de la madrugada y apenas había dormido dos horas desde que se había retirado, a las diez y media. Y sabía que la causa de su insomnio era Kelly Andrews.

Aún podía ver el reflejo del sol en su piel marrón, el contraste del blanco de su blusa con su aterciopelada garganta, y las seductoras curvas de sus caderas bajo la falda. Y le había sorprendido que estuviera tan preciosa a pesar de que el único maquillaje que llevaba era un toque de lápiz de labios.

Todo en ella, desde su forma de vestir hasta su pose y su forma de hablar, manifestaba una evidente sofisticación metropolitana. Una irónica sonrisa curvó sus labios mientras se preguntaba cuánto tardaría en cansarse de oler a paja y al estiércol de los animales. Y cuando llegaran los fines de semana, ¿le bastaría con quedarse en la granja o huiría a la ciudad más próxima para divertirse de verdad?

Apartó las mantas de la cama y se levantó, consciente de que no iba a volver a dormirse. Veinte minutos después, con una camisa a cuadros, pantalones vaqueros y unas viejas botas, se encaminaba hacia los establos.

Los sensores iluminaron la zona en que se hallaban los mejores caballos del rancho. Esperó a que la luz roja de la alarma se pusiera verde e introdujo el código que desactivaba el cierre del establo. Una vez en el interior cerró la puerta a sus espaldas.

Se detuvo en la casilla de un exquisito potrillo, potencial ganador de la Triple Corona. Shaj Jan era el resultado del cruce de la mejor yegua del rancho con un antiguo ganador del premio Preakness. Era un pura sangre con muchas probabilidades de convertirse en campeón.

Fue visitando uno a uno a los caballos y para cuando salió los trabajadores ya estaban llegando con el amanecer. A pesar de que se le cerraban los ojos de sueño logró ducharse antes de meterse en la cama y caer en brazos de Morfeo.

Durmió profundamente y no despertó hasta

la tarde... mucho después de que terminara la mañana dedicada a la visita de la escuela de día.

Kelly estaba en el umbral de entrada de la clase, fijándose en la expresión de curiosidad de una niña. Esperaba un total de cinco niños que tenían entre tres y cinco años. Dos eran gemelos idénticos, Trent y Travis Smith, y Sean Blackstone, Allinson Cunningham y Heather Whitfield también habían acudido a la presentación de la escuela. Heather había llegado primero y estaba mirando con evidente curiosidad la zona de organización casera.

–Puedes ir a verla –dijo Kelly.

La niña corrió al rincón y se puso a jugar de inmediato con los botones de la cocina de juguete.

Sheldon fue el último en llegar con Sean aferrado a su mano, como si temiera que su abuelo fuera a desaparecer si no lo agarraba con fuerza

–Buenos días, Sean.

El niño miró a Kelly con los ojos abiertos de par en par.

–La señorita Kelly te ha hablado, Sean –dijo Sheldon.

–Buenos días, señorita Kelly –murmuró el niño.

–Ve a reunirte con los otros. Vamos a tomar zumo y galletas –Sean dedicó una mirada a su abuelo antes de acercarse a donde estaban los demás niños.

Kelly sonrió.

–Esperad mientras instalo a los niños, por favor –dijo.

Había tres mujeres sentadas en la zona de recepción hablando en voz baja. Kelly había organizado aquel rincón para tener un lugar en que reunirse con los padres para hablar de los progresos de sus hijos.

Sheldon ocupó una de las sillas tras saludar amablemente a las mujeres y miró atentamente a su alrededor. Unos tiestos con flores adornaban algunos estantes vacíos bajo una amplia ventana que daba al sur. Una colorida y gruesa alfombra cubría el suelo de madera. En uno de los laterales había una cadena de sonido, un televisor plano, un vídeo y un reproductor de DVD. Frente a la pantalla había varios cojines dispuestos para sentarse.

El rincón dedicado a la ciencia incluía una pecera con varios peces de colores y carteles de diversos animales y plantas. En otra de las paredes había amontonadas media docena de cunas portátiles. Sheldon pensó que Kelly había hecho un buen trabajo durante aquel mes. A fin de cuentas, aquel lugar estaba vacío cuando había llegado.

Vio como conducía a los niños con firme delicadeza hasta un lavamanos que había en un rincón. Tras hacer que se lavaran y secaran las manos, los llevó a una mesa redonda y baja con seis sillitas a su alrededor. Los niños se sentaron obedientemente y esperaron impacientes a que Kelly les llenara los vasos de zumo y pusiera unas galletas en sus platos.

–Cuando terminéis el zumo y las galletas podéis ver una película mientras hablo con vuestros padres. Tómatelo con calma, Travis –dijo con suavidad cuando el niño se metió una galleta entera en la boca.

Diez minutos después, con los restos de la improvisada merienda amontonados en una bandeja, los cinco niños se sentaron en los cojines a ver la película.

Kelly se acercó a la zona de estar para reunirse con los padres.

–La escuela se abrirá oficialmente el lunes por la mañana y quiero tranquilizaros asegurándoos que los niños se encontrarán en un entorno positivo y seguro mientras estén a mi cuidado...

Ya era mediodía cuando los padres apartaron a los reacios niños de la pantalla del televisor, asegurándoles que en dos días estarían de vuelta.

–¿Va a estar aquí el lunes, señorita Kelly? –preguntó Sean.

Kelly sonrió.

–Claro que voy a estar, Sean. Voy a estar aquí mucho tiempo.

El niño sonrió con una expresión muy parecida a la de su padre y luego salió corriendo a tomar la mano de su abuelo.

Cuando todos se marcharon, Kelly se sentó en una silla, apoyó los pies en una esquina de la mesa y cerró los ojos. Todo había ido bien en la presentación de la escuela. Tras descansar un rato se puso a sacar libros de cajas y a catalogarlos en el ordenador que Sheldon le había dado para que utilizara en la escuela. Ya había pasado hacía rato la hora de la comida cuando se sentó tras el volante de su coche y condujo hasta su casa.

Tras ducharse, se puso unos pantalones cortos y una camiseta y fue a la cocina a prepararse una ensalada que devoró con auténtico placer. Acababa de fregar los platos cuando llamaron a la puerta. El sonido del timbre la sorprendió. Era la primera vez que alguien llamaba a su timbre. Fue hasta la puerta secándose las manos con un trapo.

–¿Quién es? –preguntó sin abrir. Había vivido demasiados años en Nueva York como para abrir la puerta de su casa antes de identificar al visitante.

–Ryan.

El corazón de Kelly dio un ligero brinco antes de recuperar su ritmo habitual.

–¿Qué quieres?

–Abre la puerta, Kelly –dijo él al cabo de un momento–. Por favor.

Cuando abrió, Kelly se encontró a Ryan mirándola como si no la hubiera visto nunca. Sólo cuando se fijó en la dirección de su mirada se hizo consciente de su semiatuendo; unos pantalones cortos demasiado cortos y ceñidos y una camiseta que dejaba ver su ombligo. La estrecha cintura de sus braguitas negras sobresalía por encima del pantalón y el contorno de sus pezones era evidente bajo la camiseta.

Ladeó la cabeza y repitió:

–¿Qué quieres?

Ryan cerró los ojos, pero aún podía ver las curvas del cuerpo de Kelly. ¿Por qué cada vez que se veían a solas parecía semidesnuda?

Abrió los ojos y se obligó a mirarla al rostro.

–Te he echado en falta durante la comida. Sólo he venido a ver si habías comido.

Kelly asintió.

–He comido una ensalada.

Ryan alzó una ceja.

–Sólo una ensalada.

–Estaba demasiado cansada como para prepararme algo más. Ha sido un día muy largo.

–Creía haberte dicho que podías encargar la comida.

Kelly sonrió.

–Me lo habías dicho, pero...

–Estás trabajando demasiado duro, Kelly.

–No estoy trabajando demasiado duro, Ryan. Simplemente tenía una fecha límite con la que cumplir y lo he hecho.

Ryan sonrió.

–Felicidades. ¿Quieres celebrarlo?

Kelly arrugó la frente.

–¿Celebrarlo?

Ryan dejó de sonreír.

–Estoy seguro de que conoces la palabra.

–¿Celebrarlo? ¿Cómo?

Ryan alzó un hombro.

–Yendo al pueblo.

–¿A hacer qué?

–A hablar. Incluso podemos tomar algo de beber.

Kelly recordó el sueño erótico de aquella mañana y se esforzó por luchar contra la vitalidad dinámica que emanaba de Ryan. Sabía que no era inmune a él, pero no tenía intención de permitirse caer bajo su embrujo. Había acudido a aquella parte de Virginia a enseñar, no a implicarse en una relación con el padre de uno de sus alumnos ni a tener una aventura con su jefe.

Sonrió conciliadoramente.

–Me halaga la oferta, pero me temo que debo rechazarla. En primer lugar, estoy cansada. Ha sido una semana agotadora para mí.

Ryan se fijó por primera en la ligera hinchazón de sus ojos.

–¿Y en segundo lugar?

La expresión de Kelly se endureció.

–Tengo por norma no tener citas con mi jefe –sorprendida, vio que Ryan echaba atrás la cabeza y soltaba una risotada–. ¿Qué te hace tanta gracia?

Ryan se puso lo suficientemente serio como para decir:

–Tú.

–¿Yo?

–Sí, tú, Kelly. Deja que te recuerde que no soy tu jefe. Yo no te entrevisté, no te contraté ni firme tu contrato, lo que significa que no puedo echarte. Eso sólo puede hacerlo mi padre –Ryan se cruzó de brazos y ladeó la cabeza–. De manera que vas a tener que buscar otro motivo para rechazar mi oferta.

Kelly sonrió mientras tomaba el pomo interior de la puerta.

–Eso es fácil –dijo y, sin previa advertencia, la cerró y echó el cerrojo–. Buenas noches, Ryan –dijo lo suficientemente alto para ser oída.

Ryan se quedó paralizado en el sitio, contemplando la puerta que acababan de cerrarle en las narices.

–Que me aspen... –murmuró.

Kelly había llamado «cita» a su oferta para salir, mientras que él la consideraba una reunión. Sean había vuelto aquella tarde de la clase alegre y excitado ante la perspectiva de acudir a diario a clase con Kelly. Hacía más de un año que no se mostraba tan espontáneo. Quería hablar con Kelly sobre su hijo, pero ¿estaría utilizando a Sean como excusa para pasar tiempo con Kelly? En cualquier caso, verse con ella en su bungalow no era una posibilidad. Lo último que quería era que empezara a haber cotilleos sobre él y la nueva profesora. Tal y

como estaban las cosas, ya había suficientes cotilleos por allí como para llenar un periódico.

Rió a pesar de su situación. Y en ese momento comprendió que Kelly Andrews le gustaba de verdad. Tenía gran desenvoltura y era
preciosa. Pero también había notado el fuego
que había bajo su circunspecto comporta-
miento.

Probablemente no era consciente de ello,
pero, cerrándole la puerta en las narices, le había lanzado un reto. Y Ryan Blackstone jamás
se había echado atrás ante un reto.

Capítulo Cuatro

Kelly no se dio cuenta de que las manos le temblaban hasta que descolgó el teléfono que tenía junto a la cama. En ese momento quiso maldecir. Y no era con Ryan con quien estaba enfadada, sino consigo misma. Se había comportado como menos le gustaba hacerlo: descortésmente y de malas maneras.

Ryan había acudido a ella para sugerirle que fueran a algún lugar a hablar. Ella ni siquiera le había preguntado de qué quería hablar antes de cerrarle la puerta.

¿Estaba perdiendo el control debido a un simple sueño erótico?

Marcó el código de Washington y esperó la conexión. Sonrió al escuchar la voz de su hermana.

–Hola, Pam.

–¡Hola, Kelly! Espero que me llames para decirme que tienes una cita esta noche.

Kelly ignoró el certero comentario.

–He llamado para saludar a mi hermana mayor.

Pam gruñó.

–Ya me llamaste el sábado pasado para saludar. ¿Qué haces, Kelly? Te has ido muy lejos y tu vida social no ha cambiado. Creo que habría sido mejor que te hubieras quedado en Nueva York, donde al menos tenías un círculo de amigos.

–Todos casados, Pamela.

–Ya lo sé, Kelly. Pero siempre existe la posibilidad de que esos amigos casados te presenten a otros que no lo estén.

–Si quieres dejo de llamarte para....

–Lo siento –interrumpió Pamela–. Acabo de dejar de hablar por teléfono con mamá y papá. Han comenzado una intensa campaña para culpabilizarme porque por fin me he animado a decirles que Leo y yo hemos decidido no tener hijos. No sé cuánto tiempo seguiré aguantándola.

–Diles que no quieres hablar de ello.

–Trata de decirle a Camille Kelly Andrews que no exprese su opinión.

Kelly sonrió. Pamela tenía razón. Era posible que Camille viviera aferrada a sus opiniones e ideas, pero también apoyaba a sus hijas por encima de todo.

–Si me lo menciona la próxima vez que hablemos, trataré de decirle diplomáticamente que Leo y tú tenéis derecho a decidir lo que queréis hacer con vuestras vidas, que seguís siendo una familia aunque decidáis no tener hijos.

–Gracias, Kel.

Las dos hermanas hablaron otros diez minutos y Pamela explicó a Kelly en qué consistía su nuevo puesto de restauradora ayudante en la Galería Nacional de Arte. Leo, su marido, ocupaba el cargo de restaurador en el Museo Nacional de Arte Africano.

Ya había aparecido la primera estrella en el cielo cuando Kelly se desnudó y se metió en la cama para dormir. En aquella ocasión, ningún sueño erótico interrumpió su sueño.

Ryan subió las escaleras del porche de la casa de su padre y se sentó en una mecedora frente a éste. Sean estaba dormido en el regazo de su abuelo.

—Ha sido rápido.

—Ha sido rápido porque Kelly se ha negado a hablar conmigo

—¿Y por qué se ha negado a hablar contigo?

—¿Por qué? —repitió Ryan—. No lo sé, papá.

—¿Qué le has hecho?

—Nada. Sólo que quería hablar con ella. Pero me ha cerrado la puerta en las narices.

—¿Eso es todo?

—¿Qué es todo? —dijo Ryan, exasperado.

—¿Por qué no dejas de repetir lo que digo?

—Porque no puedo creer que me estés haciendo esas preguntas.

Sheldon contempló un momento a su hijo, pensativo.

—¿Cómo la has mirado?

Ryan tuvo que esforzarse por contener su genio.

–¿Qué tiene que ver eso?

–Anoche la estabas mirando como si fuera el postre –Sheldon alzó una mano cuando su hijo fue a protestar–. Tienes que ser amable y delicado con ella –dijo en tono nostálgico.

Ryan decidió ignorar el comentario de su padre al captar lo que éste trataba de ocultar sin ningún éxito: dolor. La última vez que había visto aquel dolor en su mirada fue el día que enterró a su mujer.

–¿Qué le ha sucedido a Kelly, papá? –preguntó con suavidad.

Sheldon permaneció un largo momento en silencio y finalmente suspiró.

–Perdió a su marido hace un par de años en un accidente. Lo atropellaron mientras cambiaba la rueda del coche.

Ryan asintió lentamente. No había sospechado que Kelly llevara una carga emocional tan fuerte.

–¿Cuántos años tiene?

–Treinta.

Ryan sonrió al recordar que había preguntado a Kelly su edad. Aún pensaba que parecía mucho más joven de la edad que tenía.

Sheldon miró al pequeño que sostenía en su regazo. Había tres generaciones de Blackstone sentados en el porche en aquellos momentos y ninguna mujer.

–¿Has pensado en volver a casarte y darle a Sean una madre?

–No más de lo que tú pensaste hacerlo para darnos otra madre a Jeremy y a mí.

Sheldon movió la cabeza, sonriente.

–Tocado, hijo.

–Llevas veinte años viudo, papá. ¿No crees que ya es hora de seguir adelante?

–Yo podría decirte lo mismo.

–No, no puedes. Mamá murió. Eso es muy distinto a disolver un matrimonio.

–¿Piensas alguna vez en volver a casarte?

La mirada de Ryan se oscureció.

–Sí y no. Sí, porque echó en falta formar parte de una familia completa, y no porque tengo que pensar en Sean.

–¿De verdad estás pensando en él, Ryan? Ambos necesitáis una mujer en vuestras vidas. ¿Cómo va a aprender Sean a respetar a las mujeres si no es a través de su padre?

–Sólo estoy pensando en él, papá.

–El chico necesita una madre, Ryan.

–La gente te decía eso mismo cuando murió mamá.

–Eso es cierto –reconoció Sheldon–. Pero tú y Jeremy teníais catorce y diez años cuando murió Julia. Es una situación muy distinta a la de un niño que no tiene recuerdos de su madre.

Ryan permaneció muy quieto. Sabía que su padre tenía razón, pero él también la tenía. Desde el día de su nacimiento, Sean se había convertido en la persona más importante de su vida, y él había jurado no sacrificar nunca el bienestar emocional de su hijo por ninguna mujer.

El lunes por la mañana, Ryan estaba mirando por la ventana de su habitación cuando vio a Kelly encaminándose hacia los establos. La última vez que la había visto había sido el sábado por la noche, en su casa.

Entrecerró los ojos al verle llamar a la puerta. Ésta se abrió y Kelly desapareció en el interior de los establos.

¿Qué estaría haciendo allí? ¿Se habría citado con alguien?

Sin pensárselo dos veces, salió de su dormitorio y bajó las escaleras. No se dio cuenta de que prácticamente estaba corriendo hasta que notó los rápidos latidos de su corazón en el pecho. Respiró profundamente, abrió la puerta de los establos y pasó al interior.

Sintió una emoción que no logró identificar al ver a Kelly acariciando el morro de Jahan. No había acudido allí a reunirse con un hombre, sino a ver los caballos.

—Es una maravilla.

Kelly se sobresaltó al oírlo y se volvió a mirarlo. Era la segunda ocasión en que la pillaba desprevenida. Asintió.

—No hay duda de que lo es.

Ryan quiso decirle que no se estaba refiriendo al caballo, sino a ella. Estaba como para comérsela con la camiseta de tirantes y los vaqueros que vestía, que marcaban cada curva de su magnífico cuerpo. Bajó la mirada hacia sus pies.

–Para entrar aquí deberías llevar botas, no zapatos.

–No tengo botas.

–¿Por qué no?

–Porque no he tenido tiempo de ir a comprarlas.

Ryan se acercó a ella.

–Mírame, Kelly.

Kelly se quedó muy quieta. Hacía sólo tres días que había conocido a Ryan, pero no había duda del magnetismo que había entre ellos. Deseaba a Ryan aunque no quería desearlo, porque aún no estaba preparada para desprenderse del recuerdo de su marido muerto.

–¿Por qué, Ryan? –preguntó.

Ryan apoyó las manos en los hombros desnudos de Kelly y le hizo volverse para que lo mirara.

–Porque quiero mirarte –dijo a la vez que dejaba caer las manos.

Las pestañas de Kelly se agitaron antes de alzarse para que sus ojos revelaran lo que tan valientemente trataba de ocultar: su soledad y el anhelo que sentía de ser abrazada y amada. Contempló el rostro de Ryan y detuvo la mirada en su boca. El color de su piel, su pelo rizado y sus rasgos eran una mezcla de razas muy evidente en la mayoría de las personas que habitaban aquella región.

–¿Qué ves, Ryan?

Ryan la contempló un momento antes de hablar.

–Veo una mujer preciosa que en pocas horas ha hecho maravillas con mi hijo.

Sean se había pasado el fin de semana preguntando cuándo podía volver al colegio a ver a la señorita Kelly.

Kelly cerró los ojos. De manera que se trataba de Sean, no de ella.

–Es un niño encantador.

Ryan quiso decirle que no era sólo su hijo; él también estaba encantado con ella. Cuando Kelly trató de pasar a su lado, le bloqueó el paso.

–¿Por qué me has seguido aquí? –preguntó ella–. ¿Qué quieres de mí?

–Te he visto entrar desde la ventana de mi habitación y he sentido curiosidad por saber por qué acudías tan temprano al establo. ¿Qué es lo que quiero de ti? –Ryan se encogió de hombros a la vez que movía la cabeza–. Lo cierto es que no lo sé, Kelly. Eso es algo que aún no tengo claro.

Kelly se puso de puntillas y acercó su rostro al de él lo suficiente como para que Ryan sintiera su aliento en los labios.

–Tu tarea para casa consiste en que averigües qué quieres –dijo, y a continuación lo rodeó y se encaminó hacia la salida.

Pero Ryan fue más rápido, la tomó por un hombro y le hizo entrar en una de las casillas vacías del establo.

—Quiero esto —susurró unos segundos antes de que su boca cubriera la de Kelly en un beso hambriento.

Deslizó las manos por sus brazos y la estrechó contra sí a la vez que profundizaba el beso. Kelly lo rodeó con los brazos por el cuello para conservar el equilibrio a la vez que sus delicadas curvas presionaban contra el duro cuerpo de Ryan.

Mientras su respiración se volvía más y más agitada, Kelly se sintió dominada por la pasión del momento. Sólo reaccionó al sentir que Ryan le hacía entreabrir los labios con su insistente lengua. Se apartó de él y no pudo evitar sorprenderse al ver la ardiente pasión que reflejaba su mirada.

Ryan se cruzó de brazos y ladeó la cabeza.

—Creo que mi tarea merece un sobresaliente. ¿Qué piensa usted, señorita Kelly?

Ella apoyó las manos en las caderas mientras trataba de ignorar el cosquilleo de sus pezones.

—Creo que eres insoportablemente arrogante, señor Blackstone —pretendía insultarlo, pero su falta de aliento hizo que su respuesta sonara como un cumplido.

Ryan sonrió.

—Me han llamado cosas peores.

En aquella ocasión, cuando Kelly se volvió para salir, no trató de detenerla. La siguió sin apartar la mirada del seductor balanceo de sus caderas.

—Me debes una disculpa, señorita Kelly.

Ella se detuvo, pero no se volvió.

—¿Por qué, doctor Blackstone?

—Por cerrarme la puerta en las narices.

Kelly se mordió el labio inferior. Era evidente que se sentía atraída por Ryan y, a pesar de sus protestas verbales, quería verlo.

—Cena conmigo esta noche y me disculparé adecuadamente —miró por encima del hombro y sonrió al ver la expresión conmocionada de Ryan. Una sonrisa de satisfacción curvó sus labios mientras seguía caminando hacia su casa.

Ryan sabía que había conmocionado a Kelly cuando la había besado, pero también se había sorprendido cuando ella lo había rodeado con los brazos por el cuello.

Había un fuego oculto bajo la aparente frialdad de Kelly Andrews. Todo lo que tenía que hacer era esperar a que llegara el momento adecuado para avivarlo. Y algo le decía que todo iría bien para ambos.

Kelly estaba sentada en el rincón de la biblioteca con sus alumnos. Ya habían desayunado y recogido la mesa y aguardaban expectantes la primera actividad de su primer día de clase. Sentada en un taburete, sonrió ante sus expectantes miradas.

—¿Sabe alguien lo que es un calendario?

–cinco manos se alzaron automáticamente–. ¿Heather?

–Es algo que nos dice el día que es.

Kelly asintió.

–Muy bien, Heather. ¿Qué más puede decirnos un calendario? –Kelly señaló a Sean, que aún no había bajado la mano.

–También nos dice la semana y el mes.

–Así es. Vamos a usar nuestro calendario no sólo para que nos diga la fecha, sino también para saber las vacaciones, los acontecimientos históricos, los cumpleaños y días especiales. Hoy es veintitrés de mayo, el Día Mundial de la Tortuga.

–Yo he encontrado una tortuga –dijo Travis, orgulloso.

–Sí, pero mamá no ha dejado que te la quedes. Ha dicho que su lugar está al aire libre –replicó Trent antes de sacarle la lengua a su gemelo.

Kelly tomó un libro y lo abrió por una página en que aparecía una ilustración de una tortuga.

–Vuestra madre tiene razón. Los animales necesitan vivir en lo que se llama su hábitat natural. La tortuga es el único reptil que tiene concha.

Allison señaló la ilustración.

–Su concha es su casa.

Sean alzó la mano.

–Mi papá me ha dicho que una tortuga puede meter la cabeza, la cola y las patas en su casa cuando otros animales quieren comérsela.

–Tu papá tiene razón –Kelly estaba segura de que Sean sabía más de animales que la mayoría de sus compañeros, pues no en vano era su padre veterinario.

Entregó a Trent un recorte de una pequeña tortuga verde con velcro en la parte trasera.

–Pon esto en la fecha de hoy, por favor. ¿Sabe alguien el tiempo que va a hacer hoy?

–¡Soleado! –dijeron todos los niños al unísono.

Kelly tomó otro recorte que representaba el sol.

–¿Puedes poner tú el sol en el calendario, Heather?

–Sí, señorita Kelly.

Las horas de la mañana pasaron rápidamente mientras Kelly enseñaba a los niños a utilizar las tijeras para recortar unos animales que luego colorearon.

A mediodía llegó la comida del comedor y una hora después los niños se tumbaron en sus colchones a echar la siesta.

Kelly los despertó a las dos y media y salieron al patio a jugar al escondite. Tras parar un rato para la merienda salieron de nuevo a jugar en la zona de los columpios. Kelly sacó una cuerda de saltar y los niños fueron saltando por turnos mientras los demás recitaban las letras del alfabeto.

Cuando llegó la madre de Allison a recoger

a su hija, Kelly la animó a jugar con ellos. Nadie logró pasar de la M antes de que sus pies se liaran en la cuerda.

Allison tomó la cuerda de manos de Kelly.

–Deje que yo le de a la cuerda con mami mientras usted salta, señorita Kelly.

Antes de que Kelly pudiera decir nada, los demás niños se pusieron a animarla.

–¡Salte, señorita Kelly! ¡Salte, salte!

Kelly sonrió y se puso a saltar mientras los niños recitaban el alfabeto. Al oír que Sean llamaba a su padre, se tropezó con la cuerda.

Ryan estaba a escasos metros del grupo, sonriendo de oreja a oreja.

–¡Ha ganado usted, señorita Kelly! –gritó Heather–. Ha llegado hasta la S.

–Mi nombre empieza por S –dijo Sean con orgullo mientras golpeaba el aire con un puño. Luego corrió a rodear a su padre por la cintura–. Lo hemos pasado muy bien, papi.

Ryan sonrió a Kelly.

–Creo que la señorita Kelly también lo ha pasado bien.

–Todos lo hemos pasado bien.

–¡Sí! –afirmaron al unísono cinco vocecitas.

Allison abrazó a Kelly por las rodillas.

–Mañana volveré, señorita Kelly.

Kelly acarició la cabeza de la niña.

–Desde luego que volverás.

Allison se fue con su madre y Kelly se volvió a mirar a Ryan, que también la estaba mirando. Una oleada de calor recorrió el cuerpo de Kelly cuando sus miradas se encontraron.

Ryan tomó a Sean de la mano mientras una sonrisa suavizaba su fuerte boca, y le agradó que ella se la devolviera.

—¿Papá?

—¿Sí, Sean?

—¿Tenemos que irnos a casa ya?

Ryan miró a su hijo.

—Sí. La señorita Kelly está cansada. Tiene que ir a casa a descansar un rato para estar lista para mañana.

—¿No puede venir a casa con nosotros? Puede descansar en mi cuarto.

—No, no puede.

—¿Por qué no?

—Porque... porque...

—Porque tengo mi propia casa —dijo Kelly al ver que Ryan no terminaba de completar la frase.

—¿Por qué no puede vivir con nosotros, papá?

—Vámonos, campeón. Tenemos que lavarnos antes de ir a cenar —aunque se había dirigido a Sean, Ryan siguió mirando a Kelly—. Nos vemos luego —añadió.

Kelly asintió.

—De acuerdo.

Ryan se encaminó con Sean hacia el todo terreno sin dejar de sonreír. Kelly se volvió hacia los demás niños y notó que su pulso se había acelerado al pensar en volver a ver a Ryan aquella noche.

No había duda de que se sentía sexualmente atraída por él, pero ¿era eso suficiente? ¿Bastaría aquello para hacer que disminuyera el dolor de haber amado y perdido a un hombre al que había amado toda la vida? Conoció a Simeon Randall en su clase de primer grado y de inmediato se convirtió en su héroe, en su protector. Cuando se hicieron mayores conoció la pasión entre sus brazos, en la cama. Una pasión que entonces no era consciente de poseer.

Simeon le ofreció toda la gratificación física y emocional que necesitaba. Y por primera vez desde que había llegado a los ranchos Blackstone tuvo que preguntarse si iba a tener la suerte de conseguir de nuevo ambas cosas.

Capítulo Cinco

Ryan no se dio cuenta de que había estado conteniendo mentalmente el aliento hasta que Kelly abrió la puerta.

Sabía que la estaba mirando como un adolescente obnubilado por su belleza, pero no podía evitarlo.

—Estás muy guapa, Kelly.

Ella sonrió.

—Gracias. Pasa, por favor.

Kelly sabía que tenía un aspecto muy distinto al de la mujer que Ryan había visto un rato antes saltando a la comba. Se había recogido el pelo en un moño trasero, un peinado que completaba a la perfección el vestido negro sin hombros que había elegido para la ocasión.

Sonrió al pensar que Ryan también estaba muy atractivo. Vestía una chaqueta color marrón chocolate con unos pantalones a juego y un ligero jersey beige de cuello vuelto.

Con una de las manos tras la espalda, Ryan la siguió al cuarto de estar y contempló en silencio la mesa dispuesta para dos. La vajilla era exquisita y en el centro había un pequeño florero con flores silvestres. De fondo sonaba una delicada música clásica.

Kelly se volvió a mirarlo y se acercó a él.

—¿Qué ocultas tras la espalda?

Ryan parpadeó varias veces antes de alcanzarle una bolsa decorativa.

—Esto es para ti.

Kelly tomó la bolsa y miró el interior. Luego fue hasta la encimera y sacó de la bolsa una botella de vino tinto, otra de vino blanco y una orquídea envuelta en papel celofán

—Es preciosa, Ryan —dijo, sonriente—. Muchas gracias.

Ryan ladeó la cabeza y le devolvió la sonrisa.

—De nada.

—Tomaremos el vino blanco porque estoy preparando pollo —Kelly tomó a Ryan de la mano y lo condujo hasta el sofá—. Ponte cómodo. Todo estará listo en diez minutos.

Ryan se detuvo de repente y Kelly perdió el equilibrio y chocó contra él. Permanecieron un momento muy quietos mientras él la miraba.

—¿Puedo ayudar en algo?

Kelly quiso decirle que podía ayudarla a superar el vacío y la soledad que la embargaban cada vez que acudía a su casa, o cada vez que se preparaba para acostarse.

—No, gracias —dijo en lugar de ello.

Ryan siguió mirándola a los ojos.

—¿Estás segura?

Kelly se sintió inmersa en un torbellino sensual del que no había escape. En aquel instante supo que había cometido un error. No debería haber invitado a Ryan a cenar.

¡Lo deseaba! Y cuanto más se empeñaba en ignorar la verdad, más insistente se volvía ésta. Era una mujer normal con las necesidades sexuales de una mujer normal.

Los dos años anteriores se había apartado de la gente. En el rancho prefería prepararse la comida por su cuenta en lugar de comer con los demás trabajadores en el comedor. Pero ¿cuánto tiempo iba a pasarse lamentando lo que había perdido... lo que nunca volvería a recuperar?

Era evidente que Ryan se sentía atraído por ella... de lo contrario no la habría besado. Y ella no podía negar que se sentía atraída por él, porque de no ser así no lo habría invitado a cenar en su casa.

–Ocúpate de abrir el vino, por favor –dijo mientras se encaminaba a la cocina.

Ryan sonrió mientras se quitaba la chaqueta y la dejaba en un sillón. Kelly no estaba tan tranquila como pretendía aparentar. Había contado los rápidos latidos del pulso de su delicada garganta. Había aceptado su invitación porque quería pasar un rato a solas con ella, no para asustarla. Nunca le había gustado presionar a las mujeres. Si alguna rechazaba sus avances, se retiraba honorablemente.

La única excepción había sido cuando había besado a Kelly en el establo. Se había dicho que su reacción se había debido a que lo había retado, pero en cuanto sus labios se tocaron supo que aquello era lo que había querido hacer desde la primera vez que la había visto.

Mientras descorchaba la botella, Kelly sacó el pollo del horno. Un delicioso aroma invadió la cocina.

–No me extraña que no vayas al comedor –dijo Ryan mientras contemplaba el pollo dorado y rodeado de patatas.

Retiró el corcho de la botella mientras Kelly sacaba el pollo y lo colocaba en una fuente. Cuando todo estuvo dispuesto, apartó una silla de la mesa para que Kelly se sentara. Permaneció tras ella un momento más de lo necesario e inhaló la sensual y femenina fragancia de su perfume.

La madre de Ryan murió tras una larga enfermedad cuando él cumplió catorce años, y aunque él aún recordaba muchas cosas sobre Julia Blackstone, era su perfume lo que más recordaba. Su madre siempre había olido maravillosamente. Solía decir que el hecho de vivir en un rancho de caballos no quería decir que ella tuviera que oler como un caballo. Su madre adoraba el rancho, mientras que su ex mujer lo odiaba. Ya sentado frente a Kelly, no pudo evitar preguntarse si se parecería a Julia o a Caroline.

Kelly sonrió.

–¿Te importa cortar el pollo?

Ryan tomó el tenedor y el cuchillo y los utilizó con la habilidad de un auténtico cirujano. Luego sirvió el pollo en los platos antes de llenar sus vasos de vino.

Alzó el suyo mientras contemplaba los sensuales labios de su compañera de mesa.

–Quiero darte una bienvenida muy especial a los ranchos Blackstone.

Kelly también alzó su vaso.

–Y yo acepto tu bienvenida especial –dijo antes de tomar un sorbo–. Está muy bueno.

Ryan asintió. Tras camelar un rato a Cook había conseguido que le diera un par de botellas de su reserva especial.

–Ahora que he visto tu casa comprendo por qué comes aquí en lugar de en el comedor. Has logrado que resulte cálida y muy acogedora.

–Como aquí porque después de volver a casa y ducharme, normalmente me quedo demasiado relajada como para volver a salir.

–¿Ahora estás cansada?

Kelly negó con la cabeza.

–Un poco, pero no estoy exhausta.

–Yo lo estaría si me hubiera pasado el día con cinco pequeños energéticos.

Kelly se ruborizó mientras servía la ensalada.

–¿Y qué tal te ha ido a ti el día?

–No ha sucedido nada especial. Y te aseguro que no me he divertido tanto como tú.

–¿Ha sido un día aburrido? –preguntó Kelly tras probar la ensalada.

Ryan negó con la cabeza y luego la miró pensativamente.

–¿Encuentras aburrido vivir en un rancho?

–Hasta ahora no me he aburrido nada, desde luego. Montar la clase ha sido un reto, pero después de conocer a los niños que voy a tener de alumnos volvería a hacerlo encantada.

–¿Te gusta enseñar?

–Me encanta.

–¿Y los niños?

–¿Qué sucede con los niños?

–¿Te gustan?

Kelly frunció el ceño.

–Por supuesto que me gustan. Me encantan.

–¿Y cómo es que no has tenido hijos?

–Estaba esperando a cumplir los treinta.

–¿Cuántos años tienes? –preguntó Ryan a pesar de que ya lo sabía.

–Treinta –Simeon y Kelly habían decidido esperar a llevar cinco años casados antes de tener hijos.

Ryan la miró a los ojos.

–¿Has elegido ya a un hombre como padre de tus hijos?

–Todavía no.

–¿Lo estás buscando?

–No lo estaba buscando.

–¿Y ahora?

Kelly tomó un sorbo de vino antes de contestar.

–Ahora que ya he instalado la escuela ten-

dré más tiempo para relacionarme socialmente.

–¿Esperas encontrar un papá para tu bebé
en los ranchos Blackstone?

–No, Ryan. Si tengo un hijo con algún hombre, sea de donde sea, no será tan sólo el padre
de mi hijo, sino que también será mi marido.

–¿Estás buscando candidatos?

El sonido de la ronca risa de Kelly resonó
sensualmente en el cuerpo de Ryan.

–¿Por qué lo preguntas? ¿Piensas ofrecerte
como candidato?

La mirada gris de Ryan se oscureció.

–Tal vez.

Kelly se quedó conmocionada por la ardiente invitación de la mirada de Ryan. No había duda de que se sentía tan atraído por ella
como ella por él. Pero en una relación debía
haber algo más que sexo. El sexo podía obte-
nerlo de cualquier hombre. Lo que ella quería
era amor y pasión. Se concentró en la comida
que tenía en el plato.

–¿Y bien, Kelly?

Ella alzó la cabeza.

–¿Y bien qué, Ryan?

–¿Me tendrías en cuenta como candidato?

–¿Por qué?

Ryan apoyó las palmas de las manos sobre el
mantel.

–¿Por qué? Porque me gustas...

–Pero no me conoces –interrumpió Kelly.

–Y tú tampoco me conoces a mí. Sólo sé lo

que mi padre me ha contado sobre ti. Sé que eres una maestra viuda y que yo soy un hombre divorciado con un niño que no reconocería a su madre ni aunque la tuviera sentada a su lado. Desde que me separé no he presentado a Sean a ninguna mujer porque no quiero darle falsas esperanzas.

–¿Y crees que las cosas serían diferentes con nosotros?

Ryan asintió.

–Sí. Podría cortejarte sin necesidad de que Sean se sienta confuso con nuestra relación.

Kelly alzó una mano.

–¿Quién ha dicho nada de una relación?

Ryan sonrió.

–Nunca habrá una relación si no me dejas cortejarte.

–¿Por qué yo y no alguna otra?

–No lo sé.

–Puede que nos veamos unas veces y luego decidamos que la cosa no va a funcionar –dijo Kelly con suavidad.

–Si es ése el caso, quedaremos como amigos.

Kelly habría querido decirle a Ryan que las mujeres no solían tener amigos con su aspecto. Alguien como él sería un amante o nada. Lo que le estaba proponiendo sonaba como un estéril arreglo de negocios, pero ¿acaso no era eso de lo que trataba el matrimonio? Era un acuerdo entre dos personas para amarse mutuamente por siempre.

64

Pero Ryan y ella no se amaban. Apenas se conocían. Sin embargo, contaba con un año para llegar a conocerlo. Y si las cosas no funcionaban se iría del rancho Blackstone para enseñar en algún otro lugar.

–De acuerdo, Ryan. Estoy dispuesta a intentarlo.

Ryan se levantó, rodeó la mesa, tomó a Kelly por el codo y le hizo levantarse. Luego pasó una mano tras su cintura para atraerla con delicadeza hacia sí.

Ryan observó el rostro alzado de Kelly y vio la indecisión que reflejaban sus ojos marrones. No le había mentido. Le gustaba. Sin darse cuenta, Kelly había derruido la muralla que él había erigido a su alrededor después de que Caroline rechazara al hijo que habían tenido. Kelly también había amado y perdido como él. La diferencia residía en que su pérdida había sido definitiva.

–Prometo no hacerte daño, Kelly.

Kelly apoyó un dedo sobre los labios de Ryan.

–Nada de promesas.

–Nada de promesas –repitió él mientras inclinaba la cabeza para besarla.

Kelly sintió que sus pechos se volvían más pesados contra la dureza del pecho de Ryan. Si hubiera estado en su sano juicio se habría cuestionado por qué acababa de aceptar implicarse en una relación con un hombre que era un desconocido, un hombre en cuya propiedad iba a vivir durante el siguiente año, un hombre cuyo hijo era uno de sus alumnos.

Pero todo su sentido común se esfumó en cuanto sus labios se encontraron y Ryan deslizó la mano de su cintura a sus caderas para presionarla contra el sólido bulto que sobresalía entre sus poderosos músculos.

Un placer puro y explosivo recorrió su interior, dejándola temblorosa como una hoja a merced del viento. Cuando Ryan deslizó la lengua en el interior de su boca, lo rodeó con los brazos por el cuello como si no quisiera que escapara nunca de su lado.

Devolviendo su beso con temerario abandono, gimió con suavidad cuando los labios de Ryan abandonaron su boca para dejar un rastro de besos por la columna de su cuello. El calor que se estaba concentrando entre sus muslos se volvió más y más intenso y supo que si no se detenían acabaría rogándole que la llevara a la cama para hacer que su sueño se convirtiera en realidad.

De algún modo encontró la fuerza en su interior para apartarse del abrazo de Ryan. Su agitada respiración atrajo la mirada de éste hacia sus pechos. La pasión que había en sus ojos hizo que las rodillas de Kelly se volvieran de goma. Tuvo que sentarse en su silla para no caer allí mismo al suelo. No se conocían, pero la pasión que había entre ellos era tan intensa que resultaba amedrentadora.

Ryan volvió a ocupar su asiento y terminó

de un trago el vino que aún le quedaba en el vaso. Luego miró la deliciosa comida que había preparado Kelly, incapaz de acabarla porque sentía un fuego en su interior que sólo ella podría apagar.

La quería en su cama, pero estaba dispuesto a esperar. Después de todo, tenían tiempo, mucho tiempo...

Capítulo Seis

Kelly estaba sentada en la mecedora del porche con la cabeza apoyada sobre el hombro de Ryan. Alzó la pierna derecha y agitó los dedos del pie. Había dejado las sandalias en la cocina. Ryan y ella apenas habían tocado la comida después del beso. Habían recogido y fregado entre los dos y luego ella había sugerido que salieran al porche. Dadas las circunstancias, era más seguro estar fuera.

–¿Por qué elegiste la carrera de veterinario?

Ryan apoyó la barbilla sobre la cabeza de Kelly.

–Siempre me han gustado los caballos y la ciencia. Estudiar veterinaria fue la conclusión lógica. Además, siempre he sabido que algún día heredaré el rancho de mi padre, como él lo heredó de su abuelo.

–¿Eres la tercera generación de Blackstone que se va a ocupar del rancho?

–Sí, y espero que Sean sea la cuarta.

–¿Y tu hermano?

–A Jeremy no le interesan los caballos. Papá se refiere a él como a su hijo trotamundos. Jeremy se volvería loco si tuviera que quedarse aquí más de un mes.

–¿Cómo llegaron a ser criadores de caballos los Blackstone?

–Mi abuelo era un cultivador de tabaco blanco que se enamoró de una mujer negra que trabajaba de cocinera para él. Pero no podían casarse ni vivir juntos como marido y mujer debido a las leyes contra el mestizaje de Virginia. Pero tuvieron un hijo. Cuando James Blackstone murió se lo dejó todo a Sheldon. El abuelo había cultivado tabaco durante veinte años, pero tras la muerte de mi abuela a causa de un cáncer de pulmón producido precisamente por el tabaco, decidió dedicarse a los caballos.

–¿Los crió para competir?

–No. Al principio se dedicó a criar caballos para trabajar que vendía a los granjeros de la zona. Mi padre compró su primer pura sangre varios años después de haberse casado con mi madre. Diez años después estaba de lleno en el negocio.

Lo que Ryan no contó a Kelly fue que su madre era hija única de una rica familia negra de Charleston y que sus padres utilizaron su herencia para crear el principal establo de caballos del estado de Virginia.

–No sé nada de caballos ni de carreras –admitió Kelly–. De hecho, nunca he ido a un hipódromo.

Ryan frunció el ceño.

–¿No has visto nunca a nuestros preparadores trabajando con los caballos?

–No.

–Si no tienes ningún plan para el sábado, haré que Kevin Manning te enseñe cómo entrena a los caballos para las carreras.

–¿Tú sueles ir al hipódromo?

–A veces –Ryan contempló el rostro de Kelly un momento antes de continuar. La intensidad de su mirada hizo que ella se quedara momentáneamente sin aliento–. Si hubiera venido antes te habría llevado a ver la Virginia Gold Cup. Tiene lugar el primer sábado de mayo en Great Meadow.

–¿No se corre también el Derby de Kentucky el primer sábado de mayo?

Ryan rió.

–Creía que no sabías nada de carreras de caballos.

–Tan sólo conozco la fecha del derby –dijo Kelly a la defensiva–. ¿El rancho Blackstone ha producido muchos caballos ganadores?

Escuchó atentamente mientras Ryan iba nombrando los caballos que habían ganado algún premio y a sus respectivos jinetes. Luego le explicó las diferentes clases de caballos que se criaban en el rancho.

–Los Barb y los Arab, la clase de caballos más populares para montar, descienden del norte de África. Los pura sangre descienden de los árabes.

Kelly pensó en el potro que solía ir a visitar.

–Es el caballo más exquisito que he visto nunca.

–Lo llamamos nuestro diamante negro. Todos en la granja creen que va a ser un campeón.

–¿Y tú qué crees, Ryan?

Ryan habría querido decirle a Kelly que le gustaba ella, que le gustaba aún más de lo que se atrevía a admitir. Quería decirle que había algo en ella que hacía que se sintiera descentrado, que se encontraba pensando en ella cuando menos lo esperaba. Que pensaba en ella cuando se acostaba y cuando despertaba por las mañanas.

–Creo que si se mantiene sano ganará muchas carreras –dijo–. ¿Has montado a caballo alguna vez?

–No –Kelly rió–. Recuerda que soy una chica de ciudad.

–¿Quieres aprender?

–Sí.

–Tenemos algunos caballos adecuados para novatos como tú.

–¿Los niños montan?

–La mayoría ya se ha sentado en un caballo antes de aprender a andar. Uno de los chicos que nació aquí es jockey profesional.

–¿Cuántos años tiene?

–Diecinueve.

Kelly sonrió pícaramente.

–¿Y tú?

–Treinta y cuatro.

–Supongo que no eres demasiado viejo para cortejarme.

–¿Cuántos años creías que tenía?

–Al menos cuarenta.

–¡No!

–A fin de cuentas, tienes algunas canas –bromeó Kelly.

Ryan la estrechó contra su costado.

–Supongo que estás dispuesta a pagar el precio por tus bromas.

–Todo depende de cuál sea el precio.

Ryan inclinó la cabeza hacia ella.

–¿Has jugado alguna vez a las prendas?

–No.

–En ese caso voy a tener que enseñarte –susurró Ryan un segundo antes de que su boca cubriera la de Kelly.

Su beso fue lento, concienzudo y metódico. Fue suave y persuasivo. El deseo entonó su canto en las venas de Kelly mientras entreabría los labios para dejar que la acariciara con su lengua.

Pero el beso concluyó tan rápidamente como había empezado. Y lo que vio Kelly al abrir los ojos quedaría impreso en su cerebro hasta que dejara de respirar definitivamente. El color de los ojos de Ryan brillaba como un dólar de plata recién acuñado. Sus ojos cambiaban de color según su humor y, en lugar de haberse oscurecido de deseo, se habían convertido en estanques de relámpagos líquidos.

Kelly trató de calmar los latidos de su corazón.

—Creo que será mejor que te vayas antes de que hagamos algo de lo que luego podamos arrepentirnos.

Ryan negó lentamente con la cabeza.

—No, Kelly. Yo nunca me arrepiento de lo que hago.

Kelly sentía que su sistema nervioso estaba a punto de sufrir un cortocircuito. Apenas hacía una semana que conocía a Ryan, pero éste había logrado despertar en ella un deseo que creía haber perdido hacía tiempo.

Se irguió en el asiento y se puso en pie. Cuando Ryan hubo hecho lo mismo, ella se puso de puntillas y lo besó en la mejilla.

—Había olvidado algo.

—¿Qué?

—Disculparme por haberte dado con la puerta en las narices.

Ryan alzó una ceja.

—No hace falta que te disculpes por eso.

—Pero me dijiste que esperabas una disculpa.

—Eso fue antes de que aceptaras salir conmigo.

Kelly asintió.

—Buenas noches, Ryan.

Él se inclino y la besó bajo la oreja.

—Buenas noches, princesa.

A continuación se encaminó hacia su coche. Sabía que tenía que ir despacio para no asustar a Kelly. Después de todo, tenían todo un año por delante para llegar a conocerse.

«Estoy loca. He perdido la cabeza», no dejó de repetirse Kelly mientras conducía hacia la clase. Había pasado una noche realmente inquieta repasando su conversación con Ryan de la noche anterior.

Y ella que siempre se había considerado una chica razonable y práctica... ¿Cómo era posible que hubiera permitido que Ryan la convenciera para implicarse con él en una relación que no sabía cómo podía resultar?

Era posible que estuviera frustrada sexualmente, pero eso no significaba que debiera plantearse la posibilidad de acostarse con el hijo de su jefe. ¡Debía estar completamente loca!

Tras aparcar el coche, y mientras se encaminaba hacia la entrada de la clase, se fijó en un hombre joven que parecía aguardarla junto a la puerta. Debía haber ido hasta allí andando, porque el único coche que había aparcado cerca era el de ella. Reconoció su rostro, pero no recordaba su nombre.

–Buenos días –saludó, sonriente.

El joven se quitó el sombrero de paja que llevaba puesto y lo apoyó contra su pecho.

–Buenos días, señorita Kelly –dijo a la vez que le ofrecía su mano–. No sé si me recuerda. Soy Mark Charlesworth, señorita.

Kelly estrechó su mano. Aunque su ropa y sus manos estaban limpias, olía a establo.

–¿Qué puedo hacer por ti, Mark?

–¿Podemos hablar dentro, señorita?

–Por supuesto.

Kelly sacó su llave, abrió la puerta y pasó al interior. Tras poner en marcha el aire acondicionado hizo una seña a Mark para que pasara.

–Podemos sentarnos aquí –dijo a la vez que señalaba la zona de estar.

Mark la siguió y esperó a que Kelly se sentara para ocupar una silla frente a ella. Luego bajó la mirada mientras no dejaba de dar vueltas a su sombrero.

Kelly esperó a que hablara.

–¿Sí, Mark? –dijo, finalmente.

–Necesito su ayuda, señorita Kelly.

Ella asintió.

–¿Cómo puedo ayudarte?

–Quiero ir a la universidad, pero no se sí podré superar el examen de acceso.

Kelly sonrió.

–¿Quieres que te prepare?

Mark sonrió por primera vez y sus dientes relucieron.

–Sí, señorita.

–¿Cuántos años tienes, Mark?

–Veintidós.

–¿Tienes hecho el bachillerato?

–Sí, señorita. Dejé de estudiar a los dieciséis, pero el año pasado terminé. Papá dice que si apruebo el examen me pagará los estudios.

–¿Qué quieres ser?

Mark volvió a bajar la mirada.

–No estoy seguro. Sólo sé que no quiero pasar el resto de mi vida limpiando establos.

–Muy bien, Mark –Kelly hizo una pausa–. Te ayudaré.

Emocionado, Mark se inclinó hacia delante y tomó las manos de Kelly en las suyas.

–Gracias, señorita Kelly.

Ella parpadeó al sentir que la presión de las manos de Mark aumentaba.

–Ya puedes soltarme –dijo, y el joven obedeció al instante a la vez que murmuraba una disculpa–. Si voy a darte clases, tendrá que ser por las tardes.

Mark asintió.

–Sí, señorita.

–¿Tienes libros para trabajar?

–No. Si quiere puedo comprar algunos.

–No hace falta, Mark. Yo me ocuparé. Tengo una cuenta abierta en una empresa de Richmond especializada en material de educación. Les llamaré y haré que envíen los libros a la escuela.

–Pero yo los pagaré.

Kelly negó con la cabeza.

–Ahórrate el dinero, Mark. Estoy seguro de que el rancho Blackstone no se arruinará porque cargue algunos manuales más a su cuenta. En cuanto los reciba me pondré en contacto contigo para que organicemos nuestros horarios. ¿Vives aquí, en la granja?

–Sí, señorita.

Kelly se puso en pie y Mark hizo lo mismo.

–Nos veremos en el comedor y hablaremos.

Mark cerró los ojos, inhaló y luego soltó el aire lentamente. Cuando abrió los ojos los tenía húmedos.

–Me gustaría pedirle otro favor, señorita Kelly.

Kelly arqueó una ceja.

–Adelante.

Mark sonrió tímidamente.

–No quiero que nadie sepa que me está dando clases.

Kelly asintió.

–Será nuestro secreto.

–Gracias, señorita Kelly.

–Dame las gracias cuando te hayan aceptado en la universidad.

–Gracias –repitió Mark antes de girar sobre sus talones y salir rápidamente del edificio.

Kelly sintió una agradable calidez en su interior. Había ido a los ranchos Blackstone para dar clase a los hijos de los empleados, pero nada en su contrato estipulaba que no pudiera enseñar también a los mismos empleados.

Todos los niños llegaron a las ocho en punto. No paraban de hablar de ir a nadar. Kelly les había prometido que si la temperatura pasaba de veinticinco grados podrían ir a nadar antes de la hora de comer.

Sheldon se acercó a hablar un momento con ella.

–Voy a ocuparme durante unos días de traer a Sean –explicó–. Ryan tuvo que llevarse anoche a una yegua a Richmond para operarla.

–¿Qué le sucedía?

–Tiene una cojera en las patas traseras que acorta su paso y hay que averiguar a qué se debe.

–¿Se recuperará?

–Ryan dice que hay un noventa por ciento de posibilidades de que sí.

–Ryan me comentó que todos los niños de la granja saben montar a caballo –al ver que Sheldon asentía, Kelly añadió–: ¿Y saben exactamente lo que hace cada persona que trabaja en el rancho?

Sheldon ladeó la cabeza y entrecerró los ojos.

–No lo sé.

Kelly sonrió, inconsciente de lo atractiva que era.

–Me gustaría organizar un salida de estudio. Querría que los chicos hicieran una excursión por el rancho para que hablaran con los mozos de cuadra, con los preparadores de los caballos, con la gente que se ocupa de alzar y reparar las vallas, de cortar la hierba, de limpiar los establos y empacar el heno. Incluso me gustaría visitar con ellos la cocina. Eso les ayudaría a apreciar el lugar en que viven y la importancia del trabajo de sus padres.

Sheldon esbozó una sonrisa, algo poco habitual en él.

–Avísame cuando quieras hacer la excursión y yo me ocuparé de organizarla.

–¿Qué tal la semana que viene?

–El lunes es fiesta, así que no podrá ser. Por cierto, siempre organizamos una buena fiesta al aire libre para celebrar el Cuatro de Julio y el Día del Trabajo.

Kelly anotó mentalmente aquella información.

–¿Qué tal si lo hacemos durante cuatro días? Una hora para cada tema bastará. Es difícil que los niños se concentren durante más tiempo, sobre todo teniendo en cuenta que conocen a todo el mundo.

–En eso tienes razón. Los niños que crecen en un rancho tienden a saber mucho más que los de ciudad en lo referente a los nacimientos y la reproducción, pero tenemos reglas muy estrictas respecto a tenerlos alejados de las yeguas en celo. Ver a un semental montando a una yegua podría ser una visión demasiado impresionante para un niño, sobre todo si cree que le está haciendo daño.

Kelly sintió que sus mejillas se acaloraban. Había visto hacerlo a gatos y perros, pero nunca a caballos.

–Gracias por la cooperación.

–De nada –dijo Sheldon antes de alejarse.

Los niños acababan de terminar su desayuno cuando sonó el teléfono que había en la pared. Kelly fue rápidamente a contestar.

–Aquí la escuela Blackstone. La señorita Kelly al aparato.

–Buenos días, señorita Kelly

Kelly sintió que su corazón latía más rápido al reconocer la profunda voz del otro lado de la línea.

–Hola, Ryan.

–¿Cómo estás?

–Bien –Kelly habría querido decirle que estaba aún mejor después de haber escuchado su voz–. Sheldon me ha contado lo de la yegua.

–Pechy Keen aún se está recuperando, pero espero que salga bien de ésta. Hace años que dejó de correr y sólo la utilizamos para criar. Ya ha tenido dos potrillos que parecen mostrar un gran potencial.

Kelly sonrió.

–Eso es bueno para el rancho.

–Desde luego. Probablemente seguiré aquí hasta el fin de semana. Quiero esperar para ocuparme de llevarla de vuelta al rancho –tras una pausa, Ryan añadió–: Si no estás ocupada el viernes, me gustaría llevarte a cenar.

Kelly arrugó la nariz. Ryan la estaba invitando a salir. Con un poco de suerte, su hermana dejaría de darle la lata por no salir con hombres.

–Tengo que mirar mi calendario, pero creo que podré dedicarte unas horas del viernes por la tarde, doctor Blackstone.

–Empiezo a darme cuenta de que tienes una

lengua muy rápida. Creo que tengo el remedio perfecto para tratarla.

—¿En serio? —bromeó Kelly.

—Sí, en serio.

—Cuelga, Ryan.

—Tú primero.

—Adiós —Kelly colgó el teléfono mientras una soñadora sonrisa curvaba sus labios.

Capítulo Siete

Sean estaba sentado a los pies de la cama de su padre, contemplando cómo se hacía el nudo de la corbata.

–¿Tengo que dormir en casa del abuelo esta noche?

Ryan miró su reflejo en el espejo para cerciorarse de que el nudo había quedado bien y luego se volvió hacia su hijo.

–Sí, Sean.

El niño hizo un puchero.

–Pero papá...

–Nada de quejas, Sean. ¿Qué quieres?

–Quiero ir a dormir a casa de Travis y Trent. Esta noche tienen una fiesta de Spiderman.

–Puede que ellos tengan una fiesta, pero ¿te han invitado?

–Sí, papá. Han invitado a todos los de la clase. Incluso a la señorita Kelly.

Ryan miró a su hijo y sonrió. Sean no había parado de hablar de todo lo que había hecho con la señorita Kelly aquella semana. Había aprendido a leer un montón de palabras, a contar hasta cien y a relacionar formas y colores.

—Ve a por tu saco de dormir mientras llamo a Millie.

Sean saltó de la cama y salió corriendo del dormitorio. Ryan descolgó el teléfono y marcó el número de la casa de los gemelos. Millicent Smith respondió a la primera llamada.

—Hola, Millie. Soy Ryan. Llamo por lo de la fiesta de Spiderman de esta noche.

—Debería hacer que me examinaran la cabeza por aceptar el plan que me propusieron los niños —contestó Millie, arrastrando la voz.

Ryan sonrió.

—Entonces, ¿sigue en pie?

—Sí. Deja a Sean en el comedor y nosotros nos lo llevaremos.

—¿A qué hora quieres que pase a recogerlo mañana?

—No te molestes. Los niños no tienen clase mañana y va a seguir haciendo calor, así que probablemente pasaremos casi todo el día en la piscina.

—Si te hartas ya sabes que puedes llevártelo de vuelta a Sheldon.

—Sean es el niño del rancho que mejor se porta. Sería una bendición que mis hijos fueran la mitad de buenos.

—Son sólo niños, Millie.

—Sí, eso suele decir Jim. Gracias por dejar que venga Sean.

—A ti, Millie.

—Adiós.

Ryan colgó y se puso la chaqueta del traje.

Luego fue al dormitorio de Sean. El niño estaba ocupado sacando del armario la ropa que iba a llevarse. Tras sacar unos calcetines, unos calzoncillos, unos pantalones cortos y una camiseta, se volvió hacia su padre.

–¿Así es suficiente?

Ryan asintió, sonriente.

–Sí.

Sean tomó su mochila y metió la ropa dentro. Tras cerrarla, se la echó al hombro y tomó la bolsa con su saco de dormir.

–¿Listo, campeón?

El pequeño sacó pecho.

–Sí, papá.

Ryan había enseñado a Sean a ser independiente desde muy pequeño. El niño había aprendido a seleccionar la ropa que se pondría al día siguiente y a dejarla preparada la noche anterior. Debía mantener su cuarto recogido, se limpiaba los dientes dos veces al día y se lavaba las manos antes y después de comer.

Ryan apoyó una mano tras la cabeza de Sean mientras salían de la casa.

–Voy a dejarte en casa del abuelo.

–¿No vas a comer con nosotros?

–No, Sean. Voy a comer fuera.

–¿Con quién vas a comer, papi?

–Con la señorita Kelly –Ryan nunca había mentido a su hijo y no quería empezar a hacerlo.

–Es muy guapa, papá. Es guapa como una princesa.

–En eso tienes razón, hijo.

–¿Te gusta, papá?

–Sí, Sean, me gusta.

–A mí también me gusta. ¿No es estupendo que nos guste a los dos?

–Sí, lo es.

Ryan quería decir a Sean que lo que sentía por Kelly iba más allá del mero gustar. Lo que quería era verla a diario, poder abrazarla y sentir su calidez femenina, inhalar su fragancia. Quería eso y mucho más.

Subió con Sean las escaleras del porche de la casa en que había crecido. La puerta interior estaba abierta, como sucedía a diario hasta que Sheldon la cerraba por la noche.

–¡Abuelo! –exclamó Sean mientras entraban.

Sheldon salió de su estudio y sonrió.

–¿Dónde vas a pasar la noche? –preguntó al fijarse en la mochila y en el saco de dormir.

–Voy a comer contigo y luego voy a dormir con Travis y Trent. ¡Vamos a hacer una fiesta de Spiderman!

Sheldon miró a Ryan, que asintió.

–Me alegro por ti.

Sean se volvió a mirar a su padre.

–Pero papá va a comer con la señorita Kelly.

Sheldon ladeó la cabeza y sonrió.

–Vaya, vaya.

Ryan volvió a asentir mientras trataba de no reír.

–Os veré mañana –dijo mientras se volvía.

–Que te diviertas –dijo Sheldon.

–Sí, papá. Que lo pases bien con la señorita Kelly.

Ryan salió de casa de su padre con la cabeza alta y el paso más ligero que hacía años. Porque hacía años que no deseaba tanto pasar el rato con una mujer, especialmente con una tan sexy como Kelly Andrews.

La semana había pasado rápidamente para Kelly. Era viernes por la tarde y estaba tumbada en la bañera, con los ojos cerrados y el pelo envuelto en un pañuelo de seda. Tenía la cabeza recostada en una pequeña almohada. Acababa de terminar su primera semana completa de trabajo y casi había olvidado cuánta energía era necesaria para mantener el ritmo de unos alumnos tan jóvenes como los suyos. El único momento en que paraban era durante la siesta.

Cuando sonó el timbre de la puerta se sobresaltó y abrió los ojos.

–¡No puede estar ya aquí! –exclamó.

Ryan la había llamado aquella tarde para decirle que pasaría a recogerla a las seis. Salió de la bañera chorreando, se envolvió rápidamente en una toalla y salió del baño.

Apenas había dado unos pasos cuando vio a Ryan. Estaba en medio de la sala de estar, con un traje color crudo que le hacía parecer un modelo de la portada de la revista GQ.

–¿Sabías que habías dejado abierta la puerta?

Kelly parpadeó antes de negar con la cabeza.

–Debo estar en plena decadencia. Eso jamás me habría sucedido en Nueva York. Por cierto, ¿qué haces aquí tan temprano? –susurró.

–Te dije que vendría a las seis.

–Pero... pero no son las seis.

Ryan extendió el brazo para mostrar a Kelly su reloj. Efectivamente, eran las seis.

Kelly arrugó la nariz.

–Lo siento, Ryan. Debo haber perdido la noción del tiempo –dijo, incapaz de creer que se hubiera quedado dormida en la bañera–. Discúlpame un momento mientras voy a vestirme.

Una misteriosa sonrisa curvó los labios de Ryan.

–No hace falta que te molestes. Me gusta lo que llevas puesto.

Kelly se quedó mirándolo un momento.

–No llevo nada.

–Precisamente.

El pulso de Kelly se desbocó mientras giraba sobre sus talones y entraba rápidamente en su dormitorio. La ropa que había elegido para ponerse estaba sobre la cama.

Trató de no pensar en el hombre que aguardaba en su sala de estar mientras se secaba y vestía. Necesitó quince minutos más para maquillarse y luego se quitó el pañuelo de la cabeza para peinarse. Finalmente echó un vistazo a su reflejo mientras se ponía los zapatos de tacón y tomaba su bolso. Cuando salió encontró a Ryan exactamente donde lo había dejado.

Ryan sólo había necesitado estar tres días fuera del rancho para darse cuenta de cuánto echaba de menos a Kelly. No sabía nada de ella aparte de lo que veía, pero aquello bastaba para que la deseara con una emoción que rayaba en la ansiedad.

Quería compartir muchas cosas con ella, pero sabía que era demasiado pronto para manifestarle sus deseos. Pero lo cierto era que nunca había sentido una necesidad tan abrumadora de compartir la cama con una mujer.

Contempló a Kelly mientras se acercaba, incapaz de apartar la mirada de su rostro y de su esbelto cuerpo, encajado en un sobrio y elegante vestido negro.

Cuando se acercó a ella y apoyó una mano en su espalda se quedó repentinamente muy quieta. No estaba seguro de si la espalda del vestido empezaba o acababa a pocos centímetros por debajo de su espalda. Hizo una mueca a la vez que apretaba los dientes.

—¿No vas a necesitar un chal o algo para los hombros?

Una sonrisa tembló en los labios de Kelly.

—No.

—Puede que haga frío.

—Hoy casi hemos alcanzado los cuarenta grados –Kelly curvó un brazo en torno al de Ryan y sonrió–. Siento haberme retrasado. Vámonos.

–Si algún hombre te mira aunque sea de reojo va a saber lo que es recibir una buena paliza –murmuró Ryan.

Kelly frunció el ceño.

–¿Qué has dicho de una paliza?

–Nada –volvió a murmurar Ryan mientras salían. Tomó las llaves de manos de Kelly, echó el cierre y las guardó en el bolsillo de su pantalón.

A continuación se encaminó hacia el coche, un deportivo negro descapotable, y abrió la puerta de pasajeros para que Kelly entrara. Después rodeó el coche y ocupó su asiento tras el volante. Tras asegurarse de que Kelly se había puesto el cinturón, puso el coche en marcha, presionó el botón que cerraba la capota y encendió el aire acondicionado.

Mientras se alejaban, Kelly apoyó la cabeza en el reposacabezas de cuero, suspiró y cerró un momento los ojos.

–¿Adónde vamos?

–A un restaurante del Virginia Oeste.

Kelly abrió lo ojos y contempló el perfil de Ryan.

–¿Virginia Oeste?

–No está tan lejos. Es un lugar muy pintoresco en medio de las montañas.

–¿Las montañas Apalache?

–Exacto.

Aquellas fueron las últimas palabras que intercambiaron hasta que, una hora después, Ryan detuvo el coche ante el restaurante.

Un mozo acudió de inmediato a abrir la puerta de Ryan y le entregó un resguardo. Ryan rodeó el coche, ayudó a Kelly a salir y se encaminaron juntos hacia el restaurante.

Cuando entró y vio el mobiliario estilo victoriano, Kelly se sintió transportada al siglo diecinueve. El *maître* los condujo a una mesa en un discreto rincón del comedor.

Ryan ignoró el menú y la lista de vinos y contempló el rostro de Kelly, iluminado por la parpadeante luz de las velas que los rodeaban. Los orificios nasales de su nariz aquilina se ensancharon ligeramente.

–¿Te he dicho ya lo preciosa que estás esta noche?

–No –Kelly lo miro a los ojos–. Pero podrías habérmelo dicho en casa.

–No, no podría haberlo hecho.

–¿Por qué no?

–Porque creo que en ese caso no habríamos llegado a salir.

Kelly frunció el ceño.

–¿De qué estás hablando?

–Te habría pedido que me dejaras hacerte el amor.

Kelly se quedó mirándolo un momento.

–¿Es eso lo que deseas, Ryan? ¿Hacerme el amor? –preguntó, suavemente.

Ryan apoyó una mano sobre la de ella.

–Sí.

Kelly sintió que los músculos de su estómago se contraían. Había pronunciado con tal pasión aquel monosílabo que Kelly tuvo dificultades para tragar. Sus pechos ascendieron y descendieron pesadamente, atrayendo la mirada de Ryan hacia ello.

¿Podía decírselo? ¿Sería capaz de revelarle lo que había en su corazón? Porque ella también lo deseaba. Había deseado a Ryan desde el primer día.

–Yo también quiero que me hagas el amor –admitió en un tono tan suave que Ryan apenas pudo creer lo que estaba escuchando–. Pero hay una parte de mí que me advierte que una relación física contigo me cambiaría, lo cambiaría todo.

–¿Cómo lo cambiaría todo, Kelly?

–Yo... no quiero olvidar a Simeon. Y sé que si me acuesto contigo dejará de existir para mí.

–¿Simeon era tu marido? –cuando Kelly asintió, Ryan añadió–: ¿Aún lo amas?

Kelly sonrió con tristeza.

–Siempre lo amaré.

–No hay nada malo en que lo ames. Pero Simeon ya se ha ido. Y si te amaba tanto como tú a él, creo que lo único que habría querido habría sido que fueras feliz.

Los ojos de Kelly se humedecieron.

–¿Crees que puedes hacerme feliz, Ryan?

Ryan le hizo el amor con la mirada.

–Sólo tú puedes hacer que eso sea posible.

–No entiendo.

–No sólo hay que amar con la cabeza, sino también con el corazón. Debe amarse con ambas cosas, no sólo con una de ellas.

Kelly sorbió por la nariz y Ryan sacó de inmediato un pañuelo blanco como la nieve. Luego acercó su silla a la de ella, la tomó por la barbilla y le secó los ojos. Después apoyó su frente sobre la de ella y la besó en la punta de la nariz.

–Tú no eres la única que ha sufrido, querida. Yo también he estado ahí. Me enamoré de una chica que conocí en la universidad. Después de graduarnos, cada uno siguió su camino, pero un día, de forma totalmente inesperada, me llamó. La invité al rancho y le encantaron la excitación y las celebraciones previas a las carreras. Los ranchos Blackstone habían logrado meter un caballo en la Virginia Gold Cup. Miss Fancy Pants no tenía muchas probabilidades según las estadísticas, pero confiábamos en ella porque tenía mucho corazón. Ganó la carrera y aquella noche papá organizó una fiesta que superó a todas. Caroline y yo lo celebramos a nuestra manera y al día siguiente anunciamos nuestro compromiso. Nos casamos en septiembre y en diciembre descubrió que se había quedado embarazada. Entonces cambió todo. Sufrió una depresión y no paraba de hablar de abortar. Me vi obligado a vigilarla constantemente por temor a que fuera a... a...

–A quitarse la vida –completó Kelly por él.

Ryan asintió.

–No paraba de repetir que me odiaba, que odiaba vivir en el rancho y que quería volver a Los Ángeles. Llevó el embarazo a término, pero cuando fue a dar a luz me dijo que si no le concedía el divorcio se mataría. Acepté con una condición. Podía irse pero sin llevarse a mi hijo. No estaba dispuesto a dejarlo en manos de una mujer tan emocionalmente inestable. Hice que mi abogado redactara el acuerdo antes de que Caroline se fuera del hospital. Sean tenía ya dos meses cuando su madre se fue. Yo la amaba, Kelly. La amaba lo suficiente como para dejarla ir para que tratara de ser feliz.

Kelly apoyó la cabeza en el hombro de Ryan.

–Tú también has tenido tu dosis de sufrimiento.

Ryan pasó un brazo por sus hombros y la estrechó contra su costado.

–Eso es cierto, pero he aprendido a no regodearme en él. Llega un momento en que hay que superarlo.

Kelly sabía que se estaba refiriendo a ella. Llevaba dos años conviviendo con su dolor, aceptándolo como algo tan natural como el respirar o el dormir.

–¿Me deseas aún sabiendo que llevo esa carga, que no estoy en condiciones de ofrecerte lo que sientes que mereces de una mujer? –movió la cabeza–. Hace dos años que no me acuesto con un hombre y lo que más echo de menos es la intimidad. ¿Estás dispuesto a que te entregue mi cuerpo sin que te ofrezca mi corazón?

Ryan pensó que la deseaba más de lo que había deseado a ninguna otra mujer en el pasado.

–Me fascinas, Kelly –confesó–. No sé si es tu belleza, tu valor o tu inteligencia. Y no tengo derecho a exigir o esperar que me ofrezcas algo. Pero aceptaré lo que estés dispuesta a darme.

Cuando Kelly bajó la mirada, Ryan la tomó por la barbilla y la besó en los labios. Después del beso intercambiaron una sonrisa cómplice.

–No sé a ti–dijo Ryan–, pero creo que a mí no me vendría mal una bebida ahora mismo.

Kelly cerró los ojos y suspiró.

–Creo que a mí tampoco me vendría mal.

Capítulo Ocho

—¿Un martini de manzana?

—Sí, Ryan, un martini de manzana. Es la bebida de moda en Nueva York.

Ryan sonrió. Las lágrimas que habían aflorado a los ojos de Kelly cuando había hablado de su marido habían desaparecido. Su relación había llegado a un punto en que debía avanzar. Kelly quería que le hiciera el amor y él quería complacerla, pero sólo cuando llegara el momento. No quería nada planificado. Quería que todo fuera espontáneo. Deslizó una mano tras su nuca para acariciarle el cuello.

—Debe de ser una bebida de niñas. Un auténtico martini lleva vodka y ginebra.

—¿Una bebida de niñas? —repitió Kelly con una ceja alzada.

—Sí —murmuró Ryan contra sus labios.

—Hace tiempo que dejé de ser una niña.

Ryan deslizó la mano por la espalda desnuda de Kelly, que se estremeció.

—Te equivocas, princesa. Eres una mujer niña —dijo antes de inclinar la cabeza para besarla en el cuello.

Kelly sintió que el calor del cuerpo de Ryan emanaba hacia el suyo y provocaba un incendio entre sus piernas. Su cuerpo empezó a vibrar y su respiración empezó a volverse más y más agitada.

Ryan captó el aroma de su creciente pasión y al apartarse vio sus labios entreabiertos, sus pupilas dilatadas. El camarero se acercó en aquel momento con las bebidas.

Kelly apenas se fijó en ello. Se sentía dominada por un deseo que no era consciente de poseer. «Hace mucho tiempo», pensó. Hacía mucho que la mera presencia de un hombre le hacía temblar de deseo.

Ryan tomó el vaso de Kelly para probar su bebida.

—Agradable —dijo tras tomar un sorbo.

Kelly tomó a su vez la bebida de Ryan para probarla. Hizo una mueca de desagrado.

—Muy fuerte.

Intercambiaron los vasos y Ryan tomó un largo trago del suyo.

—¿Ryan? —susurró Kelly.

—¿Sí?

—¿Tenemos que comer aquí?

Ryan alzó las cejas.

—¿Dónde quieres comer?

—Arriba.

—¿Quieres que tomemos una habitación?

—Sí.

Ryan asintió lentamente.

—Espera aquí. Voy a recepción.

Kelly asintió. Ya era hora de empezar. Estaba preparada para seguir adelante, para dejar su pasado atrás. Siempre amaría a Simeon, pero sabía que debía arriesgarse para volver a encontrar el amor, y eso sólo sería posible si miraba hacia delante.

Ya había terminado su bebida cuando Ryan regresó. La ayudó a ponerse en pie y luego fueron tomados de la mano hasta los ascensores.

Un hombre rubio y alto que parecía recién llegado de una pista de esquí se situó tras ellos mientras aguardaban al ascensor.

—Guau —murmuró mientras contemplaba la espalda de Kelly.

Ryan volvió la cabeza de inmediato y le lanzó una mirada desafiante.

—¿Qué sucede?

El hombre alzó ambas manos a la vez que negaba con la cabeza.

—Nada, nada.

Ryan se quitó la chaqueta y la colocó sobre los hombros de Kelly. Las puertas del ascensor se abrieron y pasaron al interior. Ryan miro de nuevo al rubio.

—¿No va a subir?

El admirador de Kelly negó con la cabeza.

—No. Esperaré a que baje.

—Como quiera —dijo Ryan antes de pulsar el botón.

Cuando las puertas se cerraron, Kelly miró a Ryan como si fuera un desconocido.

–¿A qué ha venido todo eso?

–A nada –dijo Ryan sin mirarla.

–¿Estabas retando a ese tipo, o algo parecido?

–No.

Kelly se quitó la chaqueta y se la entregó.

–No tengo frío, gracias.

Las puertas se abrieron y Ryan tomó a Kelly de la mano. Caminaron a lo largo del pasillo hasta la habitación del final. Ryan sacó la tarjeta, abrió la puerta y pasaron al interior. La suite tenía unas vistas impresionantes a los montes Apalaches y a las zonas boscosas de sus laderas. Ryan dejó su chaqueta en el respaldo de una silla. Kelly se apoyó contra él para quitarse los zapatos de tacón y luego suspiró cuando él la rodeó con sus brazos. Alzó la cabeza para mirarlo y sonrió.

–Tenemos unas vistas maravillosas.

Ryan sonrió a medias.

–Tú eres maravillosa, Kelly.

Ella se pudo de puntillas para besarlo. Ryan tomó su rostro entre las manos mientras se decía que quería ir despacio. Hacía tiempo que no compartía su cama con una mujer, pero no tanto como Kelly llevaba esperando a acostarse con un hombre. La besó en la comisura de los labios, en los párpados, a lo largo del cuello.

–Te deseo tanto… –murmuró junto a su oído.

Kelly se aferró a su cuello como si fuera una nadadora ahogándose.

–Entonces tómame –dijo roncamente.

Ryan se inclinó, la tomó en brazos y la llevó al dormitorio, donde la dejó con delicadeza sobre la enorme cama. Luego miró sus preciosos ojos marrones y sonrió. Ella le devolvió una tímida sonrisa.

–Quiero que todo vaya bien entre nosotros –dijo Ryan. Necesitaba que todo fuera bien... porque se estaba enamorando de Kelly–. No te preocupes por nada. Te protegeré y cuidaré de ti.

Kelly no estaba segura de qué había querido decir con aquel críptico comentario, pero lo olvidó en cuanto Ryan deslizó las manos bajo las tiras de su vestido y lo deslizó hacia abajo para dejar al descubierto sus pechos.

Eran unos pechos perfectos. Ni muy grandes ni muy pequeños, y sus cimas parecían dos deliciosos bombones de chocolate puro. Ryan siguió desvistiéndola mientras su mirada dejaba un rastro de fuego allá por donde pasaba. Tras quitarle el vestido hizo lo mismo con las braguitas negras de encaje. Todo en el cuerpo de Kelly resultaba tentador, desde su vientre plano, sus curvilíneas caderas y sus largas y bien moldeadas piernas hasta su piel morena, que parecía un mousse batido.

Kelly tuvo que hacer esfuerzos para no cubrirse con la manos porque había algo en el modo en que Ryan estaba contemplando su desnudez que le hacía sentirse incómoda. Se irguió en el colchón y se puso de rodillas.

—Ahora me toca a mí —susurró contra los labios de Ryan.

Ryan permaneció inmóvil mientras Kelly lo desnudaba. Su respiración se volvió más agitada cuando ella le desabrochó la camisa. Los pechos de Kelly presionaron contra el suyo cuando se inclinó hacia él para retirar la camisa de sus hombros.

Tras soltarle el cinturón, Kelly sintió el calor que emanaba del cuerpo de Ryan como si estuviera en una sauna. Intensificaba su aroma masculino natural y la sensual fragancia de su colonia. Finalmente, él le apartó las manos y terminó de desnudarse solo.

Kelly contempló su pecho, cubierto de abundante vello rizado y negro, pero no se animó a bajar aún más la mirada después de haber captado un destello del poderoso miembro que descansaba entre sus muslos. ¡Aún no estaba totalmente excitado, pero ya era enorme!

El colchón se hundió cuando Ryan se reunió con ella en la cama. Kelly cerró los ojos.

—Mírame, cariño —dijo él. Ella obedeció y abrió lentamente los ojos. Ryan deslizó una mano en torno a su cintura y la hizo girar hasta tenerla colocada sobre su cuerpo. Kelly gimió con suavidad y enterró el rostro entre su cuello y su hombro.

—Dime qué quieres que haga —murmuró Ryan contra su pelo—. Dime lo que te gustaría que te hiciera.

Kelly sintió que sus ojos se llenaban de lágrimas. Simeon era el único hombre con el que se había acostado en su vida, y nunca le había preguntado lo que quería que le hiciera en la cama.

–No sé... –susurró.

Ryan sonrió.

–¿Quieres que bese tu cuerpo?

–Sí.

–¿Todo?

–Sí.

–¿Quieres ponerte encima o debajo?

En aquella ocasión fue Kelly la que sonrió.

–En los dos sitios.

–¿Por delante o por detrás? –al ver la expresión sorprendida de Kelly, Ryan rió–. Creo que dejaremos lo de por detrás para otra ocasión.

A continuación giró hasta tener a Kelly debajo y apoyó su peso sobre los codos. La besó lenta y profundamente en los labios y luego comenzó a descender poco a poco para besarla sin ninguna precipitación entre los pechos, para acariciar con la lengua sus pezones, su ombligo, su vientre... Pero el asalto realmente sensual comenzó cuando apoyó ambas manos en el interior de sus muslos y le hizo separar las piernas.

Kelly se arqueó en el colchón cuando Ryan acarició con la lengua el centro de su deseo, que fue creciendo y endureciéndose bajo sus caricias hasta alcanzar casi el doble de su tamaño. Se aferró a las sábanas mientras trataba de reprimir inútilmente los gemidos que querían escapar de su garganta. La lengua y los labios de Ryan la estaban volviendo loca mientras ella se esforzaba por no alcanzar tan rápidamente el clímax.

Entonces Ryan deslizó la manos bajo su trasero, le hizo alzar las caderas y hundió su lengua en la palpitante y cálida carne de Kelly. Ella tembló y le rogó con voz entrecortada que se detuviera, pero Ryan la ignoró. Quería dejar en ella la marca de su posesión, quería hacerle olvidar que existía cualquier otro hombre. Quería ser él último hombre en su cama y en su vida.

Kelly se sintió como si estuviera fuera de sí misma, viéndose flotar hasta un lugar en que no había estado nunca. El deseo que se había adueñado de su cuerpo era tan intenso que resultaba amedrentador.

–No... no... –jadeó mientras movía la cabeza a un lado y otro. No quería sentirse incapaz de controlar lo que le estaba pasando–. Para, Ryan, por favor.

Ryan paró, pero sólo el tiempo suficiente para abrir el envoltorio del preservativo que había sacado del bolsillo de su pantalón. En cuanto se lo puso volvió a colocarse sobre Kelly y la penetró muy despacio.

Ella gimió una y otra vez mientas el sexo de Ryan se hundía poco a poco entre los pliegues de su anhelante carne. Una vez dentro de ella comenzó a moverse.

Despacio.

Deliberadamente.

Saliendo.

Entrando.

Saliendo un poco más.

Empujando un poco más fuerte, hasta establecer un ritmo que hizo gemir a ambos de placer. Kelly alzó las caderas para recibir sus poderosos empujones en una perfecta armonía de movimientos.

Cuando sintió que las oleadas de placer se volvían más y más intensas, dejó escapar un gemido de dulce agonía. El placer que le estaba dando Ryan era puro y explosivo. Entonces Ryan incrementó el ritmo de sus movimientos y Kelly gritó mientras sentía que el amor colmaba su cuerpo como fuego líquido.

Alcanzó el orgasmo una, dos veces, y luego perdió la cuenta mientras sentía que entraba en otra dimensión cuando Ryan alcanzó el orgasmo y sus roncos gemidos de placer se unieron a los de ella.

Cuando se derrumbó sobre ella, Kelly dio la bienvenida a su peso y a su fuerza. El momento de éxtasis compartido había pasado, pero sentía una asombrosa sensación de plenitud.

Unos momentos después Ryan se tumbó a su lado y la acunó entre sus brazos.

–¿Te he hecho daño? –murmuró.

Kelly miró sus ojos grises.

–No, claro que no me has hecho daño –dijo a la vez que se acurrucaba contra él y apoyaba la cabeza en su hombro–. Gracias, Ryan.

–¿Por qué me das las gracias, cariño?

–Por haberme hecho recordar lo que significa volver a sentirme como una mujer.

Ryan la besó en el pelo.

–Sí te he hecho sentir como una mujer debe ser porque ésta es la primera vez desde hace mucho que me alegro de haber nacido hombre.

Kelly alzó la cabeza para volver a mirarlo. Ryan era tan atractivo que durante un momento fue incapaz de decir nada.

–Me alegra haber esperado –murmuró, finalmente.

Ryan la estrechó con fuerza. Quería decirle que él también se alegraba de haber esperado. Se volvió para tomar su reloj de la mesilla. Eran más de las ocho.

–¿Tienes hambre?

–Estoy muerta de hambre.

–Voy a llamar para que nos suban la comida.

Kelly se irguió.

–Antes tengo que ducharme.

Ryan sonrió y la tomó de la mano.

–Ahorraremos tiempo si compartimos la ducha.

Ella le dedicó una mirada de reproche.

–Nada de repeticiones antes de comer.

–No sé de qué estás hablando. Yo ya he comido.

Kelly palmeó juguetonamente el hombro de Ryan que, sin pensárselo dos veces, se puso en pie, se la echó al hombro y la llevó al baño.

Compartieron la ducha y Kelly protestó porque le había estropeado el peinado cuando la retuvo bajo el agua besándola hasta que ella le rogó que la soltara.

Dos horas más tarde estaba sentada en el sofá del cuarto de estar, con los pies apoyados en los muslos de Ryan. Habían apagado casi todas las luces y de fondo sonaba una emisora en la que casi toda la música que programaban eran canciones románticas.

Kelly se palmeó el estómago por encima del albornoz que llevaba puesto.

–He comido demasiado.

–Tonterías. Yo he comido más que tú.

–Eso es porque comes más rápido que yo.

–Eso es cierto –dijo Ryan a la vez que alzaba su copa de champán y tomaba un trago.

Kelly hizo lo mismo con la suya.

–¿A qué hora tienes pensado regresar?

–¿Qué te hace pensar que tengo planeado regresar esta noche?

Kelly se irguió en el sofá.

–¿De qué estás hablando?

Ryan dejó su copa en la mesa.

–A menos que tengas otro compromiso, no veo necesidad de que nos marchemos.

–¿Y Sean?

–No crees que...

–No estoy desatendiendo a mi hijo, si es eso lo que te preocupa –dijo Ryan al ver que Kelly no completaba la frase–. Va a pasar la noche con los gemelos Smith. Tienen una fiesta de Spiderman.

Kelly se ruborizó.

–No... querría sentirme responsable de mantenerte alejada de tu hijo.

Ryan curvó los dedos en torno a los tobillos de Kelly.

–Eso no podría suceder nunca. Asumí la responsabilidad de hacerme cargo de mi hijo desde que nació y siempre me he ocupado de él. Puede que no siempre haya tomado las mejores decisiones, pero hasta ahora lo he hecho lo mejor que he podido. Mi padre no quería que me lo llevara a Tuskegee, pero yo no estaba dispuesto a dejarlo en el rancho un año entero sin mí. Luego comprobé que había sido un error. A Sean no le hizo ninguna gracia que tuviera que dejarlo en una guardería cada vez que tenía que ir a dar una clase y no solía hablarme cuando iba a recogerlo. Cometí el error de llevarlo conmigo porque creí que era lo más conveniente para él, pero procuraré no volver a meter la pata.

Kelly dejó su copa junto a la de Ryan y luego se inclinó hacia él para rodearlo con los brazos por el cuello.

–Nadie nace siendo padre. Aprendemos a ser padres en la práctica y cometiendo errores. Pero al final te darás cuenta de que no lo has hecho tan mal –lo besó en la barbilla–. Sean acabará sintiéndose tan orgulloso de ti como tú lo estás de Sheldon.

Ryan asintió.

–Papá y yo tenemos nuestras diferencias, pero si resulto ser la mitad de buen padre que él, estaré más que agradecido. Las cosas no fueron fáciles para él cuando mamá murió. Se quedó con dos niños que creían saber más que él. Aún era bastante joven cuando se quedó viudo, pero se negó a casarse de nuevo porque no quería que otra mujer creyera que podía ocupar el lugar de la madre de sus hijos.

–¿Cuántos años tenías cuando murió tu madre?

–Catorce. Jeremy acababa de cumplir diez. Estábamos muy enfadados y éramos incapaces de aceptar que nuestra madre había muerto. Me avergüenza decir que le hicimos la vida imposible a papá durante varios años, hasta que nos dijo que no nos trataría como a hombres hasta que no nos comportáramos como tales.

–¿Y eso os hizo reaccionar?

–Sigo aquí, ¿no?

–¿Tanto os descontrolasteis tu hermano y tú?

–No llegamos a convertirnos en matones o criminales, pero no huíamos precisamente de las peleas. Yo no era tan difícil como Jeremy, pero tenía que apoyarlo porque era mi hermano.

–Tampoco has cambiado tanto, Ryan.

Ryan frunció el ceño.

–¿Por qué dices eso?

–Cuando íbamos a subir a la habitación has estado a punto de empezar una pelea con el tipo del ascensor –Ryan soltó los tobillos de Kelly, tomó su copa y le dio un trago. Ella lo miró atentamente–. Y ya que no dices nada, supongo que tengo que deducir que sigues siendo un camorrista.

Ryan alzó una ceja.

–La sangre no habría llegado al río, Kelly.

–¿Por qué?

–Jamás permitiría que me vieras comportándome así.

–¿Pero sigues siendo capaz de pelearte?

–Por supuesto. Pero prefiero hacer el amor –Ryan dejó a un lado su copa, soltó el cinturón del albornoz de Kelly y deslizó una mano por el interior de su muslo.

Ella gimió.

–Ryan...

–Sí, nena –susurró él junto a su oído.

Kelly volvió a gemir.

–No es justo.

–¿Qué no es justo, princesa?

–Te estás aprovechando de mí.

Ryan rió.

–Si quieres tú también puedes aprovecharte de mí.

Kelly deslizó una mano bajo el albornoz de Ryan y lo encontró duro y dispuesto.

–¿Y a qué estás esperando? Volvamos a la cama.

Hicieron el amor apasionadamente, conteniéndose hasta el último momento. Alcanzaron el clímax juntos y la llama de su pasión ardió largo rato antes de quedarse dormidos uno en brazos del otro.

Capítulo Nueve

Kelly y Ryan regresaron al rancho arropados por una cálida sensación de satisfacción. Ryan acompañó a Kelly hasta su puerta, reacio a dejarla ir.

—Pasa a recogerme a la una —dijo ella. Ryan había prometido llevarla a Stauton a que se comprara una botas de montar.

Él inclinó la cabeza y la besó con ternura.

—Aquí estaré —dijo, y le dedicó una sonrisa antes de encaminarse de vuelta al coche.

Kelly acababa de entrar en la casa cuando se puso a sonar el teléfono. Antes de descolgar vio que tenía dos mensajes.

—Hola.

—¿Dónde has estado? Estoy tratando de localizarte desde anoche. He dejado dos mensajes en tu contestador. Leo ha tenido que convencerme para que no cruzara el estado en coche para ir a ver qué pasaba.

Kelly sonrió mientras se quitaba los zapatos.

—No sabía que tuviera que estar de guardia este fin de semana.

—Muy graciosa, Kel.

—Protestas cuando te llamo los viernes o los

sábados por la noche y cuando no estoy te pones así.

Hubo un momento de silencio antes de que Pamela volviera a hablar.

–¿Has tenido una cita?

–Sí, he tenido una cita.

Kelly tuvo que apartar el auricular de su oído a causa del grito que dio su hermana.

–¿Quién es? ¿Dónde fuisteis? ¿Qué hicisteis?

–No pienso entrar en detalles.

–De acuerdo, no tienes que contarme qué hicisteis. Pero supongo que al menos podrás decirme quién es.

–Se llama Ryan Blackstone.

–¿Es uno de los Blackstone?

–El hijo mayor.

–Vaya, vaya. Veo que has ido directa al grano.

–Déjalo ya, Pamela. Tan sólo ha sido una cita.

–Una, dos, tres... ¿qué más da? El hecho de que hayas salido con él y hayáis pasado algo más que unas horas juntos dice bastante.

Kelly estuvo a punto de discutir aquello a su hermana, pero decidió no hacerlo. Pamela se negaba a aceptar que era igual que su madre, pero, como ella, era incapaz de no entrometerse.

–Tengo que colgar porque voy a hacer unas compras.

–Espera, Kel. Llamaba para decirte que Leo y yo vamos a organizar una fiesta el Cuatro de Julio. Mamá y papá vendrán a pasar el fin de semana y también van a venir los primos Bill, Flora, Verna y sus hijos. Va a ser una pequeña reunión familiar.

—Allí estaré.

—¿Vas a traer a tu hombre?

—¡No! Y no es mi hombre.

—Me parece que has dicho eso un poco rápido, hermanita.

—Adiós.

Pamela rió.

—Adiós, Kelly.

Kelly colgó murmurando. El hecho de que se hubiera acostado con Ryan no significaba que él fuera su hombre ni ella su mujer. Se habían hecho amantes antes que amigos. ¡Qué distinta era aquella relación de la que había tenido con Simeon! Éste había sido amigo suyo desde primer grado, y hasta cumplir los veinte años ella no le ofreció algo más que su amistad: su cuerpo y la promesa de amarlo para siempre.

Miró el reloj. Tenía una hora para preparase antes de irse de compras con Ryan.

Ryan encontró a su padre en la piscina. Varios empleados del rancho se habían reunido en torno a la piscina de tamaño olímpico para tratar de refrescarse del calor reinante. Los niños jugaban en la piscina infantil adyacente.

—Buenos días, papá.

Sheldon miró a su hijo a través de las gafas de sol que llevaba puestas.

—Buenos días, hijo. ¿Qué tal fue tu cita?

—Bien.

Sheldon asintió y sonrió.

—¿Cómo está Kelly?

Ryan reprimió una sonrisa.

—Está bien.

Sheldon volvió la mirada hacia la piscina.

—Me alegra oír eso.

Ryan palmeó el hombro desnudo de su padre.

—Me gusta Kelly, papá. No me había dado cuenta de hasta qué punto hasta que no he pasado unas horas con ella. Tiene una mente rápida y un maravilloso sentido del humor. También tiene una lengua muy afilada.

Sheldon alzó una ceja.

—Eso me suena a tu madre.

Ryan rió.

—También ayuda que sea preciosa y sexy.

«Como lo era tu madre», pensó Sheldon.

—Me alegra que hayas encontrado alguien con quien te gusta estar —dijo.

Ryan buscó a su hijo con la mirada en la piscina infantil.

—¿Dónde está Sean?

—En el comedor, almorzando.

A Ryan le alegró saber que su hijo volvía a comer bien. Durante su estancia en Alabama se había negado a comer con los demás niños de la guardería.

—Voy a llevármelo.

—¿Adónde vas?

–A Staunton. Ya que Kelly va a aprender a montar, necesitará una botas. Nos vemos luego.

–Que lo pases bien.

Sean estaba sentado entre Ryan y Kelly, sin parar de hablar mientras ésta se probaba unas botas de montar.

–Cook va a cocinar a los tres cerditos antes de que el lobo se los coma.

Kelly sonrió a Ryan, que le guiñó un ojo y le devolvió la sonrisa.

–Cook planea asar un par de cerdos para la fiesta del Memorial Day, Sean, pero te aseguro que no son los tres cerditos –dijo Ryan.

–¿Estás seguro, papá?

–Pregúntaselo a la señorita Kelly –dijo Ryan a la vez que volvía a mirar a Kelly en busca de socorro.

–Tu padre tiene razón, Sean. Cuando volvamos a clase el lunes...

–El lunes no hay clase, señorita Kelly –interrumpió Sean–. Dijo que era el Me... el Me...

Kelly se golpeó la frente con una mano, como si acabara de recordarlo.

–Es cierto. Había olvidado que la fiesta del Memorial Day era el lunes. Gracias por recordármelo.

Sean palmeó el hombro de su padre para llamar su atención.

–Hicimos unas banderas en clase.

–No me las has enseñado.

–No puedes verlas hasta el lunes.

Sean explicó a Ryan cómo habían hecho las banderas mientras Kelly indicaba al dependiente qué botas quería. Ryan se puso en pie, sacó una tarjeta de crédito de su cartera y se la entregó al dependiente.

Kelly trató de quitársela de la mano, pero Ryan lo impidió.

–No hagamos una escena –advirtió con suavidad.

–No habrá ninguna escena si me dejas pagar mis compras.

Ryan pasó una mano en torno a su cintura y la estrechó contra su costado.

–¿Y si llegamos a un acuerdo?

–¿Qué acuerdo?

–Yo pago las botas y tú pagas el helado que consumamos durante el resto del verano. Será un acuerdo justo porque Sean y yo no paramos de comer helados.

Sean asintió enfáticamente.

–Es cierto.

Kelly sabía reconocer una derrota.

–¿Cada cuanto coméis un helado?

–Todos los días –contestaron padre e hijo al unísono.

–Creo que acaban de tomarme el pelo –murmuró Kelly.

Después de salir de la tienda fueron a una cafetería en la que Ryan pidió un helado lo suficientemente grande como para cuatro personas.

Kelly, que raramente consumía dulces, no pudo parar de comer el helado casero de vainilla, fresa y pistacho con nueces que les sirvieron.

–Vas a hacer que engorde –susurró a Ryan mientras regresaban al coche.

–No te vendrían mal unos kilitos más.

–Pero no en la barriga ni en el trasero –protestó ella.

–Especialmente en la barriga –replicó Ryan mientras abría la puerta para ella.

Kelly se quedó muy quieta. Se reprochó haberle dicho a Ryan que quería un hijo. ¿Y de verdad quería que Ryan fuera el padre?

¿Estaba lista para la maternidad?

¿Quería volver a casarse?

Aquellas preguntas la asediaban porque había crecido creyendo que una se enamoraba, se casaba y tenía hijos... por ese orden. Había hecho aquello con Simeon pero no había completado el ciclo porque Simeon había muerto.

Durante el trayecto de regreso permaneció en silencio. Había ofrecido a Ryan su cuerpo, pero no su corazón. Y no estaba segura de cuándo podría ofrecerle su corazón... si es que alguna vez lo hacía.

El domingo por la mañana, Kelly se reunió con Ryan en los establos. Lo encontró arrodillado en una de las casillas, examinando un casco de un caballo. A su lado había una bolsa llena de vendas.

Kelly lo observó mientras él vendaba meticulosamente la pata del animal. Luego se quitó los guantes, los arrojó a la bolsa y cerró ésta.

—¿Qué le ha pasado? —preguntó Kelly.

Ryan se levantó y la miró de arriba abajo. Llevaba el pelo sujeto en una cola bajo una gorra de béisbol. Estaba vestida para montar: blusa, pantalones y botas. Sostenía un par de guantes en una mano.

—Sufrió una fractura hace un par de meses.

—¿Se recuperará?

Ryan sonrió.

—Está evolucionando bien —pasó una mano por la cintura de Kelly y la condujo hasta una puerta cercana a la entrada. Pulsó un código que había en un lateral y la puerta se abrió.

Entraron en una espaciosa habitación que Ryan tenía instalada como lugar de trabajo. Contenía una gran camilla de acero inoxidable con ruedas, varios armarios llenos de vendas, inyecciones, medicinas e instrumentos quirúrgicos.

—¿Operas aquí a los animales?

—Sólo en casos de emergencia —contestó Ryan mientras vaciaba su bolsa—. Estoy registrado como veterinario en un hospital de Richmond —tras lavarse concienzudamente las manos con un jabón especial se volvió hacia Kelly con expresión sonriente—. ¿Estás lista para tu primera clase de montar?

Ella le devolvió la sonrisa.

—Sí.

Ryan la tomó de la mano y salieron a una zona en que los aguardaba Mark Charlesworth con dos caballos ensillados. La expresión de Mark se animó visiblemente cuando vio a Kelly.

—Buenos días, señorita Kelly.

—Buenos días, Mark.

—Mark, Sujeta mi caballo mientras ayudo a la señorita Kelly, por favor —dijo Ryan.

Tomó a Kelly por la cintura y la montó sin aparente esfuerzo sobre el caballo. Luego le entregó las riendas.

—Puedes sujetarlas con la mano derecha o con la izquierda. Debes rodear con los dedos la rienda mientras mantienes la muñeca recta y el pulgar hacia arriba.

Kelly sintió el poder del animal en que estaba montada, pero se negó a manifestar su temor mientras Ryan ajustaba los estribos para adaptarlos a sus piernas. No había montado a caballo en su vida, y la altura a la que estaba hizo que su estómago es encogiera.

—Mete los pies en los estribos e inclínate hacia delante en la silla. Debes usar las rodillas y las riendas para controlar al caballo.

El caballo que Ryan había elegido para montar reculó y coceó con las patas traseras. Mark lo sujetó por la brida.

—Está un poco alterado esta mañana, Doc.

—Eso es porque quiere correr —dijo Ryan mientras montaba. Tras ponerse el sombrero que le alcanzó Mark, se inclinó para tomar la brida del caballo de Kelly y salió con ella del establo.

Kelly empezó a relajarse cuando se fue acostumbrando al movimiento del caballo. Ryan encaminó las monturas hacia una zona despejada.

Una hora más tarde Kelly estaba sentada bajo un árbol, contemplando a Ryan mientras éste galopaba con su caballo por el prado. Se tumbó en la hierba y cerró los ojos pensando que jinete y caballo estaban tan compenetrados que parecían un solo ser.

Cuando Ryan regresó junto a Kelly la encontró dormida sobre la hierba. Ató su caballo junto al de ella y luego se tumbó a su lado. De pronto, Kelly abrió los ojos.

—¿Te ha gustado montar? –preguntó Ryan.

—Me ha encantado, pero tengo agujetas.

—¿Dónde?

—En el trasero y entre las piernas.

Sin dar tiempo a que Kelly protestara, Ryan se arrodilló junto a ella, le quitó las botas y los calcetines y luego le desabrochó el botón del pantalón.

Ella le palmeó la mano.

—¿Qué haces?

Ryan le apartó la mano.

—Voy a darte un masaje.

—No.

—Sí –insistió Ryan a la vez que le hacía alzar

las caderas para quitarle los pantalones. Las protestas de Kelly terminaron en cuanto la tumbó boca abajo–. Apoya la cabeza en los brazos.

Kelly gimió una vez mientras Ryan le masajeaba las nalgas y la parte interna de los muslos con sus fuertes dedos. Diez minutos después se montó a horcajadas sobre ella y apoyó el pecho contra su espalda.

–Eres tan bonita por detrás como por delante –susurró junto a su oído.

Kelly contuvo un momento la respiración.

–¿Qué estás haciendo?

–No se trata de lo que estoy haciendo, sino de lo que me gustaría hacer –Ryan pasó un brazo bajo la cintura de Kelly y le hizo arrodillarse.

Kelly gimió al sentir la sólida protuberancia del sexo de Ryan presionado contra sus caderas. La única barrera que había entre ellos eran sus braguitas y los vaqueros de Ryan.

Cuando Ryan deslizó la mano entre sus piernas y comenzó a acariciarle el sexo, el intenso deseo que se apoderó de ella hizo que las braguitas se le humedecieran al instante.

–Kelly... –murmuró él con voz ronca.

–Ahora, Ryan –dijo ella, temiendo alcanzar el clímax antes de que la penetrara.

Ryan se desabrochó los vaqueros, se los bajó hasta las rodillas junto con los calzoncillos y, tras hacer lo mismo con las braguitas de Kelly, la penetró en un solo movimiento.

Kelly sintió el cálido aliento de Ryan en el cuello y el poder de sus muslos mientras penetraba en su palpitante carne. Echó la cabeza atrás y cerró los ojos mientras se esforzaba por mantener el control.

Kelly se había convertido en una yegua en celo mientras Ryan inhalaba el sensual aroma femenino que emanaba de entre sus piernas. Y, como un semental en celo, se regodeó en el placer de entrar y salir de su exuberante cuerpo. Tomó en las manos sus pechos y acarició sus excitados pezones a la vez que la mordisqueaba en el cuello para dejar en ella su marca.

Jadeante, Kelly sintió que la realidad se esfumaba a su alrededor. Se retorció contra Ryan, con la curva de su trasero firmemente presionada contra su entrepierna.

Su cuerpo ardió y se congeló al mismo tiempo. Su mundo pareció tambalearse en su eje. Un intenso gemido escapó de su garganta y unos segundos después estalló en pedazos la barrera que había erigido en torno a su corazón para no volver a amar.

La pasión de Kelly irradió hasta Ryan cuando su carne lo aprisionó, palpitante, ardiente. La ciñó con fuerza por la cintura y derramó en su interior la cálida semilla de su amor.

Después cayeron abrazados sobre la hierba, jadeantes. Ryan estrechó a Kelly contra su pecho y enterró el rostro en su pelo. Ya no tenía ninguna duda. La amaba.

Se había enamorado perdidamente de ella.

Cuando apartó la cabeza para mirarla vio que ella también lo estaba mirando. Y en ese instante vio a su hijo no nacido en sus ojos. Darse cuenta de que le había hecho el amor sin protección hizo que se le encogiera el corazón. Y la besó en la frente.

—Quería hacerte el amor, pero no sin preservativo.

Ella sonrió con ternura.

—No te preocupes. Hoy estoy a salvo.

—¿Estás segura?

Kelly asintió.

—Esta mañana me he despertado con los típicos síntomas que indican que voy a tener el periodo en unos días.

Ryan habría querido decirle que daba igual si estaba o no embarazada, porque la amaba lo suficiente como para pedirle que compartiera con él su amor y su futuro.

Esperaron a que la pasión amainara y luego se vistieron. Ryan ayudó a Kelly a subir al caballo antes de montar en el suyo. Regresaron al establo sin prisas, en medio de un agradable silencio.

Capítulo Diez

Ryan vio que Kelly entraba en el comedor y la siguió con la mirada mientras pasaba junto a su mesa y se dirigía hacia la de Mark Charlesworth. El joven mozo de cuadra se puso en pie para recibirla. Ryan se quedó muy quieto al ver que tomaba a Kelly por el codo para salir del comedor.

–Tranquilo –dijo Sheldon al fijarse en la tormentosa expresión de su hijo–. No es lo que piensas.

Ryan miró a su padre como si fuera un desconocido.

–¿Y qué crees que estoy pensando, papá? –preguntó en tono amenazador.

–No hay nada entre ellos.

Ryan quería creer a Sheldon. Estaban a finales de junio y Kelly y él seguían viéndose, pero sólo los fines de semana. Habían tomado la costumbre de cenar, ir al cine o a un concierto y luego acudir a un hotel lo suficientemente alejado de Staunton como para que garantizara su intimidad.

Ryan quería decirle un montón de cosas, pero dudaba porque sentía que Kelly aún retenía una pequeña parte de sí misma, la parte que le permitiría volver a amar. Y no había nada de ella que no amara: su ingenio, su inteligencia, su belleza, su paciencia y su sensualidad.

Planeaba convertir la escuela en un colegio privado hasta sexto grado. Quería contratar una profesora de música para que los niños pudieran aprender a tocar un instrumento. Habría que construir un edificio para ampliar el número de aulas y, como directora del colegio, Kelly se ocuparía de contratar la plantilla.

Ryan sabía que a Kelly le gustaba enseñar y que sus alumnos la adoraban. Sean no dejaba de hablar maravillas de ella y sus progresos en todo eran evidentes, sobre todo en la lectura, algo que satisfacía especialmente a Ryan, pues, en lugar de en el ordenador y la tele, Sean estaba cada vez más interesado en los libros.

Kelly se había convertido en un modelo de conducta para los niños de Blackstone... y además había enseñado al veterinario del rancho que era posible amar dos veces en la vida.

Kelly estaba sentada con Mark en la sala de estar de la clase, escuchando la respuesta de éste a una de sus preguntas. Ya sabía que a Mark se le daban especialmente bien las matemáticas, pero tenía más problemas con la lectura.

—Debes acostumbrarte a reconocer las palabras clave que contiene cada párrafo —dijo a la vez que rodeaba con un círculo varias palabras en el texto que tenían delante.

Mark se encogió de hombros, desanimado.

—Esto se me da muy mal, señorita Kelly.

—No debes desanimarte. Si las matemáticas se te dan bien, no hay razón para que tengas problemas con la lectura.

—Las matemáticas siempre se me han dado bien, pero siempre he tenido problemas leyendo.

Kelly contempló un momento la frustrada expresión de Mark.

—¿Te gusta leer?

Mark se encogió de hombros.

—No mucho.

—¿Sueles leer el periódico?

—No.

—Pues deberías hacerlo. Llegan tres periódicos al rancho a diario, el *USA Today*, *The Washington Post* y el *Virginian-Pilot*. Quiero que leas uno cada día. Subraya las palabras que no comprendas y búscalas en el diccionario que te he dado.

Mark hizo una mueca.

—¿Tengo que hacerlo?

Kelly tuvo que hacer un esfuerzo para no reírse. Mark se parecía a sus estudiantes más jóvenes cuando trataba de librarse de una tarea.

—Sí, tienes que hacerlo. Te estoy ayudando en mi tiempo libre, Mark. Lo menos que espero de ti es que hagas tus deberes.

Lo que no sabía Mark era que Kelly había sacrificado la posibilidad de ver a Ryan entre semana porque se había comprometido a darle clases. Quería ver a Ryan más que los viernes por la noche. Despertar junto a él cada sábado en un hotel desconocido no era lo que había imaginado para su relación.

Si no hubiera sido la maestra de la escuela del rancho habría salido con él más abiertamente. Pero ella era la profesora de su hijo y eso suponía un conflicto. No quería que Sean supiera que se había enamorado de su padre porque ella y Ryan solían hablar de todo excepto de un futuro juntos. Además, él no le había dicho que la amaba, ni ella a él.

Y ya era lo suficientemente madura como para saber que enamorarse de Ryan no tenía nada que ver con compartir su cama. Ryan era inteligente, paciente, generoso y delicado, a pesar de que le había contado que en otra época fue un camorrista. Era un padre abnegado, que sabía reforzar a su hijo cuando era necesario, pero que también sabía ponerle límites.

–Leeré los periódicos –dijo Mark, haciendo salir a Kelly de su ensimismamiento.

–Muy bien –dijo, sonriente–. Voy a hacer una lista de las palabras que debes estudiar. Pasa por aquí mañana por la tarde para recogerla.

Mark sonrió y sus ojos brillaron.

–Gracias, señorita Kelly –dijo mientras guardaba sus libros en una alforja de cuero–. Hasta mañana.

Mark acababa de salir cuando la puerta de la clase volvió a abrirse. Kelly se volvió a mirar de quién se trataba y vio a Ryan en el umbral.

–¿No es un poco joven para ti?

Kelly sintió que su pulso se aceleraba. ¿Sería Ryan un hombre celoso? Y el hecho de que mostrara sus celos, ¿significaría que sus sentimientos eran más profundos de lo que parecía?

–Sí, lo es. Y también lo es tu hijo. Y no olvides a los gemelos Smith.

Ryan no sabía si reír de alivio o si besar a Kelly hasta que le rogara que se detuviera. Era evidente que su relación con Mark era de alumno profesor.

Había salido del comedor y se encaminaba hacia su casa cuando se había fijado en que la luz de la escuela estaba encendida. Le había dicho a Sean que se fuera con el abuelo mientras él iba a la escuela. Ya se acercaba a la puerta cuando había visto a Mark Charlesworth marchándose. La madurez y su responsabilidad con Sean le habían hecho refrenarse cuando pensó en enfrentarse a Mark respecto a Kelly. Y en ese instante había sabido que aún era capaz de armar camorra.

Se acercó al mural que contenía los dibujos y redacciones de los niños sobre los diversos trabajos que se realizaban en el rancho. Él había contribuido enseñando a los niños las medidas preventivas que había que tomar con los animales para que no enfermaran. Lo habían contemplado boquiabiertos mientras hacía abrir la boca a un caballo para enseñarles sus dientes. Sonrió al leer en una de las redacciones *Mi papá es muy fuerte y mi mamá trabaja mucho.*

Kelly se acercó a él.

—Se suponía que no debías ver esto hasta el día de la fiesta de los padres.

Ryan la miró un momento con los ojos entrecerrados.

—Y se supone que no puedo estar contigo a solas hasta el viernes.

Kelly se llevó una mano a la boca. Había olvidado por completo aquel detalle.

—Este viernes no puedo verte.

—¿Por qué no?

—Voy a ver a mi hermana en Washington. Tenemos una pequeña reunión familiar para celebrar el Cuatro de Julio.

La mandíbula de Ryan se tensó visiblemente. Los planes que tenía para llevar a Sean y a Kelly a Williamsburg tendrían que posponerse.

—Ojalá me lo hubieras dicho antes.

—¿Por qué?

—Planeaba llevaros a Sean y a ti a Williamsburg para pasar el fin de semana.

—¿Habías hecho planes sin decirme nada?

—Quería que fuera una sorpresa.

—Es más que una sorpresa. Es todo un shock.

—¿Qué problema hay, Kelly? —Ryan apenas pudo ocultar su irritación

—¿Qué crees que sentirá Sean al ver a su padre y a su profesora juntos en la habitación de un hotel?

Ryan se esforzó por contener su genio.

—He reservado una suite con dos dormitorios. Sean y yo ocuparíamos uno y tú el otro.

—De acuerdo, ya tienes resuelto cómo vamos a organizarnos para dormir. ¿Pero qué me dices del hecho de que salgamos los tres juntos? ¿Que le vas a decir a Sean? ¿Que somos una pareja y una familia?

Ryan miró a Kelly a los ojos.

—Podríamos serlo.

Ella negó con la cabeza.

—No, Ryan. No sin amor. Y si no hay amor, Sean, tú y yo nunca podríamos llegar a ser una familia.

Transcurrieron varios segundos en silencio antes de que Kelly girara sobre sus talones y saliera de la clase, mientras Ryan se quedaba mirando el lugar que había ocupado. Las luces del edificio aún seguían encendidas cuando se alejó en su coche con los ojos empañados por las lágrimas.

Amaba a Ryan. Lo amaba tanto que le dolía estar en la misma habitación con él. Y era lo suficientemente realista como para saber que Ryan se sentía atraído por ella a causa de Sean. Ella le había confesado que quería ser madre y él necesitaba una madre para su hijo.

Lo que resultaba irónico era que Ryan y ella podrían conseguir lo que querían si él le dijera que la amaba.

Kelly aparcó su coche ante la casa de su hermana, tras otro matriculado en Nueva York. Sus padres habían llegado antes que ella.

Sacó su bolsa de equipaje del maletero, que dejó abierto mientras subía las escaleras del porche. La puerta interior estaba abierta y miró por la puerta mosquitera. Trató de abrirla pero estaba cerrada. Llamó al timbre y esperó a que alguien acudiera a abrir.

Sonrió al ver a su cuñado acercándose a ella con un perrito pisándole los talones.

—Hola, Leo.

Leo abrió la puerta.

—Hola, Kelly —se inclinó para besarla en la mejilla—. Tienes muy buen aspecto —husmeó su cuello—. Y hueles bastante bien para ser alguien que se pasa el día entre caballos.

Kelly le devolvió el beso.

—No sólo ando entre caballos, sino que estoy aprendiendo a montar.

—Apostaría gustoso una semana de jornal por verte agarrada a la espalda de un caballo.

—Será mejor que te guardes la cartera, porque perderías. Me siento en los caballos, no me agarro a ellos.

—Guau —bromeó Leo—. Deja que suba tu equipaje al dormitorio.

130

Kelly siguió sosteniendo su bolsa.

–Yo puedo llevarla. Tú saca la caja que llevo en el coche, por favor. He dejado el maletero abierto.

Leo movió un dedo admonitorio ante ella.

–Ya sabes que se supone que no hace falta que traigas nada.

–En ese caso, tendré que llevarme el vino de vuelta al rancho.

Leo sonrió.

–¿Dónde lo has conseguido?

–En una pintoresca tienda cerca de Lexington –Kelly miró al perrito que merodeaba en torno a sus pies–. ¿Quién es?

–Es Miss Porter. Pam y yo la llamamos Poe-Poe. Hace una semana que la tenemos.

Kelly se agachó para acariciar a la perrita y luego subió a su habitación. Tardó menos de quince minutos en deshacer el equipaje, lavarse la cara y peinarse. Mientras se sujetaba el pelo en una coleta tomó nota mental de pedir hora en la peluquería a la que solía acudir cuando había vivido en Washington.

Después bajó y salió al jardín de la casa.

Su madre, que llevaba su plateada cabeza cubierta con un gorro de paja, estaba sentada en una silla riendo por algo que había dicho su primo. Su expresión se iluminó al ver a Kelly y se puso en pie con los brazos abiertos para recibirla.

Kelly corrió a abrazarla.

–Hola, mamá.

Camille apartó a su hija para poder mirarla bien y asintió.

–Tienes un aspecto estupendo, Kelly. Mira a tu pequeña, Horace –dijo por encima del hombro a su marido, que estaba concentrado en una partida de ajedrez.

Horace se levantó a la vez que señalaba con un dedo a su cuñado.

–No respires hasta que vuelva –advirtió, y a continuación se volvió hacia su hija con una brillante sonrisa.

–Hola, papá –dijo Kelly antes de besarlo en la mejilla. Luego apoyó una mano en su generoso estómago y susurró–. Deberías ponerte a dieta.

Horace hizo una mueca.

–No sólo te pareces a tu madre, sino que empiezas a sonar como ella.

–Tienes sesenta años, papá.

–Ya sé los años que tengo –replicó Horace–. Tu madre no deja de darme la lata para que pierda peso. Y lo haré.

–¿Cuándo?

–Cuando me convirtáis en abuelo.

–Déjalo, papá. Mamá y tú debéis olvidaros de esa locura de ser abuelos, o nunca sucederá.

–Pamela y Leo prefieren tener un perrito a un bebé –dijo Horace con desprecio.

–Eso es asunto suyo –dijo Kelly con firmeza.

Horace murmuró algo sobre lo que podían hacer sus hijas con sus asuntos. Kelly le palmeó el brazo y dijo con suavidad.

–Ya puedes volver con tu partida. Quiero hablar con la prima Flora.

Pamela estaba tumbada en la cama con Kelly, como solían hacer mientras crecían juntas.

–¿Cómo te va con tu Blackstone?

Kelly se volvió hacia su hermana y apoyó la cabeza en un antebrazo.

–Se llama Ryan, y nos va bien.

–¿Simplemente bien?

Kelly alzó un hombro.

–Nos vemos los viernes por la noche y pasamos la noche juntos. Normalmente volvemos al rancho el sábado al mediodía.

Pamela frunció el ceño.

–¿Os acostáis fuera de la propiedad?

–Ryan tiene un hijo de cuatro años?

–Comprendo –Pamela dedicó a su hermana una penetrante mirada–. Estás enamorada de él, ¿verdad?

–¿Tanto se me nota?

–No. Pero pareces tan serena, tan en paz contigo misma.

Kelly quiso decirle a Pamela que se equivocaba. Lo que sentía no era serenidad sino un auténtico torbellino interior. Quería decirle a Ryan que lo amaba, pero se echaba atrás cada vez que estaba en sus brazos. Y lo amaba lo suficiente como para casarse con él y tener sus hijos. Todo lo que tenía que hacer Ryan era abrir la boca y pedírselo.

Capítulo Once

Ryan trató de apartar con una mano lo que le estaba molestando en la mejilla. Gruñó y se volvió boca abajo. Un momento después, al sentir un trozo de hielo deslizándose por su espalda, saltó de la cama con los puños cerrados, pero fue inmovilizado por un poderoso brazo que le rodeó el cuello.

–Aún tienes buenos reflejos para ser tan viejo –susurró una voz familiar junto a su oído.

–¡Maldita sea, Jeremy!

Jeremy Blackstone soltó el cuello de su hermano y se apartó rápidamente para evitar el golpe que le lanzó éste. Sonrió y le guiñó un ojo.

Ryan miró a su hermano y cruzó los brazos sobre su pecho desnudo. Hacía más de un año que no veía a Jeremy. No parecía mayor, pero había algo en él que transmitía señales de peligro. Como agente encubierto de la agencia antidrogas, era obvió que se había vuelto tan duro y peligroso como los criminales a los que perseguía.

–¿Cómo has entrado?

Jeremy alzó una ceja.

–He usado mi ganzúa.

–No eres más que un criminal legalizado.

–Deberías probarlo. La vida de los criminales no es tan mala.

–No, gracias. ¿Te importa si me visto?

Jeremy encogió sus anchos hombros y se sentó en un sillón.

–Me da lo mismo. No eres mi tipo.

Tras ponerse unos pantalones y una camiseta, Ryan se sentó frente a su hermano. Jeremy llevaba el pelo más largo que hacía tiempo. Sujeto en una coleta trasera, permitía ver a la perfección su rostro de altas mejillas, nariz aquilina, firme boca, barba corta y ojos grises. También llevaba un pendiente con un brillante en cada oreja.

Ryan sabía que Jeremy se había hecho los agujeros cuando estaba en una misión en Sudamérica, pero aquélla era la primera vez que los llevaba estando en el rancho.

–¿Cuánto tiempo vas a quedarte?

–Me voy mañana por la noche.

–¿Por qué te molestas en venir si no puedes quedarte más de un día?

Jeremy frunció el ceño.

–Suenas a papá.

–Eso es porque tiene razón. Cuando seas padre comprenderás lo que siente al no tener noticias tuyas en meses. No tiene otra forma de saber si estás vivo o muerto.

–Eso es porque se niega a aceptar la vida que he elegido.

–No tiene que aceptar tu profesión. Lo único que tiene que hacer es aceptarte como hijo. Un hijo al que quiere y por el que se preocupa. Y tal vez incluso un hijo que un día pueda reclamar su sitio en los ranchos Blackstone.

–Ya sabes que no me van los caballos, Ryan. No sé por qué se preocupa tanto papá. Tú eres un brillante veterinario del que se rumorea que es capaz de hacer revivir a un caballo muerto.

Ryan miró a su hermano con cara de pocos amigos.

–No estoy hablando en broma. Puede que yo sepa de caballos, pero tú eres el experto en negocios. Papá lleva ocupándose del rancho demasiado tiempo y, aunque no se queja, sé que está cansado. Antes de irme a enseñar a Tuskegee me ocupé de parte del trabajo, pero desde que he vuelto me he dado cuenta de que hace falta más de una persona para ocuparse de un rancho de este tamaño.

Jeremy masculló una maldición.

–No me presiones, Ryan. No estoy preparado para dejar lo que estoy haciendo.

–No te estoy pidiendo que lo dejes. Sólo te pido que pienses seriamente en ello.

–De acuerdo, lo haré.

–Bien –Ryan se levantó y sonrió a su hermano–. ¿Por qué no te acuestas en la habitación contigua a la de Sean?

–Prefiero dormir en mi cuarto.

–Hace tiempo que no se airea.

–No importa. He dormido en peores condiciones. Si no estoy levantado para las ocho, despiértame, por favor. A parte de a papá, a ti y a Sean, lo que más hecho de menos son las tortitas de Cook.

–De acuerdo –Ryan miró su reloj. Eran poco más de las cuatro de la madrugada. Era demasiado temprano para levantarse, pero sabía que ya no podría volver a dormirse.

Se acercó a la ventana entreabierta. El olor a fuegos artificiales aún estaba en el aire. Sheldon había contratado a una compañía profesional para que los niños lo pasaran realmente bien. Sean no había dejado de preguntar si la señorita Kelly podría ver los fuegos desde donde estaba. Ryan le dijo que no creía, pero el hecho de que su hijo mencionara a Kelly hizo que su separación se volviera más palpable.

Giró sobre sus talones y entró en el baño para ducharse y afeitarse.

Kelly sintió que volvía a casa cuando entró en el sendero que llevaba al rancho Blackstone. Había pasado un fin de semana realmente relajado con su familia. Se había acostado tarde, se había levantado tarde y apenas había hecho nada más que apartar la tumbona hacia la sombra cada vez que el sol empezaba a calentar demasiado.

Suspiró mientras aparcaba el coche junto a

su bungalow y aspiró profundamente el aroma del campo al salir. Estaba subiendo las escaleras del porche cuando se quedó paralizada al notar un movimiento en las sombras. El olor a una conocida colonia invadió sus fosas nasales. Era Ryan.

Debía de estar esperándola.

–¿Ryan?

–Sí, princesa.

–¿Qué haces aquí?

–Estaba esperando a darte la bienvenida en nuestra casa.

–Ésta es tu casa, Ryan.

–Podría ser tuya si quisieras.

Kelly contuvo el aliento. ¿Qué había querido decir? Trató de ver la expresión de Ryan, pero las sombras del porche se lo impidieron.

–No entiendo.

–¿Qué hay que entender? –Ryan avanzó hasta quedar a escasos centímetros de ella–. Quiero que te quedes aquí... para siempre.

Kelly negó con la cabeza.

–Eso no es posible, Ryan.

–Sí lo es, princesa –dijo él a la vez que le acariciaba la mejilla–. Sería posible si te casaras conmigo.

Kelly se quedó petrificada en el sitio. Deseaba tanto contestar que sí, que quería casarse con él, que quería ser la madre que Sean no había tenido, que quería ser la madre de sus hijos... Pero no podía hacerlo si Ryan no le declaraba su amor.

–No puedo –susurró.

–¿Sigue tu marido en tu corazón? –espetó Ryan–. ¿Sigue interponiéndose su fantasma entre nosotros? No te estoy pidiendo que olvides a Simeon, querida –añadió con más suavidad–. Lo único que quiero es que me dejes entrar en tu corazón.

–Ya estás dentro, Ryan. Lo que siento por ti no tiene nada que ver con Simeon.

–¿Entonces, cuál es el problema?

Kelly rodeó la cintura de Ryan con los brazos y apoyó la cabeza en su pecho.

–Amor –dijo.

–¿Amor?

–Sí.

–¿Crees que no te amo?

–No sé lo que piensas, porque nunca me has dicho que me amas.

Ryan la tomó en brazos.

–Por supuesto que te amo, Kelly. ¿Crees que te pediría que te casaras conmigo si no te amara.

Kelly enterró el rostro en la cálida garganta de Ryan.

–Estaba esperando a que me dijeras que me querías para decirte lo que siento yo.

–Estoy esperando.

Kelly alzó los brazos para rodear a Ryan por el cuello y acercó los labios a los suyos.

–Te quiero, Ryan Blackstone.

La sonrisa de Ryan fue deslumbrante.

–Gracias, querida. Y ahora, ¿no quieres decirme algo más?

–No –replicó ella con frescura.

–Dame tus llaves.

–¿Cuál es la palabra mágica?

–Por favor –dijo Ryan a regañadientes.

Kelly colocó la llave en su mano extendida. Ryan abrió la puerta con ella aún en brazos, entró y se encaminó directamente al dormitorio. La necesidad de ocultar su amor por Kelly había desaparecido en cuanto había aceptado su propuesta de matrimonio.

Él había amado antes y había perdido, como ella, pero había llegado el momento de un nuevo comienzo. Sabía que no podía sustituir el recuerdo del primer marido de Kelly, y no quería hacerlo. Pero ellos crearían nuevos recuerdos que evocar cuando vieran a una nueva generación de los Blackstone jugando en la hierba y viendo con expresión de éxtasis los fuegos artificiales del Cuatro de Julio.

–La época que hemos pasado hasta ahora acaba esta noche, princesa. Ya no tendremos que marcharnos de aquí para hacer el amor. Ya no hará falta simular que nuestra relación está basada tan sólo en el hecho de que eres la maestra de Sean.

Kelly lo miró con ojos soñadores.

–Quiero que esta noche sea especial, tan especial que no la olvide durante el resto de mi vida.

Después, Ryan no recordaba haber desvestido a Kelly ni a sí mismo. Lo que sí recordaba era haber recorrido el cuerpo desnudo de

Kelly de arriba abajo con sus besos, por delante y por detrás, y los dulces gemidos que escaparon de su garganta mientras la acariciaba íntimamente con la lengua. Y nunca olvidaría el momento en que la había penetrado, mirándola a los ojos, disfrutando del intenso placer que manifestó su expresión con cada uno de sus poderosos empujones.

Llegado el momento trató de contenerse, pero los apasionados gemidos de Kelly le hicieron perder el control y experimentó junto a ella el orgasmo más intenso de su vida.

Después permanecieron largo rato abrazados, acariciándose mientras el ritmo de sus respiraciones volvía a la normalidad. Con la cabeza apoyada en el pecho de Ryan, Kelly suspiró con suavidad, consciente de que nunca olvidaría aquella noche.

Ryan deslizó un dedo por su mejilla.

—¿Cuándo quieres que nos casemos, querida?

Kelly alzó la cabeza y la miró a los ojos.

—¿Qué te parece dentro de un mes?

—¿Tanto quieres esperar?

—No creo que un mes sea mucho, Ryan.

—Para mí sí lo es.

—¿No olvidas a Sean?

Ryan frunció el ceño.

—¿Qué sucede con Sean?

—Necesita tiempo para acostumbrarse a compartir a su padre conmigo.

—Sean está loco por ti.

—Puede que eso sea cierto, pero de todos

141

modos necesitará un periodo de adaptación. Ahora mismo me ve como su profesora, no como su madre.

—¿Cómo quieres que te llame?

—Eso dependerá de él.

Planearon la boda tomados de la mano. Kelly le dijo a Ryan que quería casarse en el rancho. Expresó su deseo de que la dama de honor fuera su hermana y Ryan dijo que pediría a Sheldon que fuera su padrino.

—Quiero que conozcas a alguien —dijo crípticamente.

—¿A quién?

—A mi hermano.

Kelly se irguió en la cama.

—¿Está aquí?

Ryan asintió.

—Se va mañana por la noche.

—¿Podría conocerlo hoy? He hecho planes para llevar mañana a los niños al pueblo a ver unas marionetas.

—Por supuesto —dijo Ryan mientras salía de la cama

Kelly lo imitó, sonriente.

—Te echo una carrera hasta la ducha.

Apenas había dado dos pasos cuando Ryan la tomó por la cintura, se la echó al hombro y entró con ella en el baño.

Kelly sintió un escalofrío de aprensión mientras subía las escaleras del porche de casa de Sheldon. Era la segunda vez que entraba allí. La primera había sido para la entrevista.

Cuando entró en el cuarto de estar lo primero que vio fueron unos ojos grises que le recordaron a los de Sheldon y Ryan. Pero mientras los de Ryan le recordaban a un cielo iluminado por los relámpagos, los de Jeremy le hicieron pensar en una densa niebla.

Ryan apoyó una posesiva mano tras la cintura de Kelly mientras Jeremy y Sheldon se ponían en pie.

—Hola, Kelly —saludó Sheldon, sonriente.

—Buenas tardes, Sheldon.

Una misteriosa sonrisa curvó los labios de Ryan.

—Jeremy, ésta es la señorita Kelly Andrews, mi prometida —ignoró la expresión de sorpresa de su padre—. Kelly, te presento a Jeremy, mi hermano y antiguo compañero de andanzas.

—¿Cuándo... cuándo habéis decidido casaros? —balbuceó Sheldon.

Jeremy se inclinó y besó a Kelly en la mejilla.

—Bienvenida a la familia. No digas que no te lo he advertido, pero no sabes el lío en que te estás metiendo —susurró junto a su oído.

Kelly sonrió mientras decidía que Jeremy le caía bien. Por su aspecto, no había duda de que era hermano de Ryan, pero ahí terminaba el parecido. Había algo en Jeremy que resultaba abiertamente peligroso. Un sexto sentido le dijo que debía atraer los problemas como un imán.

Sheldon se llevó dos dedos a los labios y soltó un sonoro silbido. Tres pares de ojos se volvieron al instante hacia él.

–¿Quiere hacer alguien el favor de decirme si va a haber una boda?

Ryan sonrió.

–Sí, papá, va a haber una boda. Kelly y yo planeamos casarnos el mes que viene.

Sheldon se cruzó de brazos en un gesto que Kelly había visto hacer a menudo a Ryan.

–¿Y puede saberse cuándo lo habéis decidido?

–Esta noche –dijo Kelly.

Sheldon la miró con expresión impasible.

–¿Estás segura de querer casarte con mi hijo y pasar el resto de tu vida en un rancho?

–¡Papá! –exclamó Ryan.

Kelly apoyó una mano en su brazo para que se calmara.

–No pasa nada, cariño.

Sheldon y Jeremy intercambiaron una mirada cómplice al escuchar el apelativo.

–La respuesta es sí a ambas preguntas –dijo Kelly–. Voy a casarme con Ryan y planeo pasar el resto de mi vida en el rancho criando a nuestros hijos y fomentando en ellos el amor por la tierra que han heredado de sus ancestros.

–¡Yu ju! –exclamó Sheldon a la vez que golpeaba el aire con un puño.

Ryan y Jeremy se unieron a sus celebraciones y se palmearon sonoramente la espalda mientras gritaban.

–Esto hay que celebrarlo –dijo Sheldon mientras se acercaba al mueble bar, del que sacó una botella de bourbon–. Llevo mucho tiempo reservando esta botella. La última vez que la saqué fue cuando me convertí en abuelo –de pronto se quedó muy quieto y miró a Kelly fijamente–. Porque supongo que puedes tener hijos, ¿no?

Kelly sonrió.

–Sí puedo.

–¿Papi? ¿Estáis celebrando una fiesta?

Al oír la voz de Sean todos se volvieron y lo vieron en el umbral de la puerta, frotándose los ojos. Era evidente que las voces lo habían despertado.

–Sí, pasa –dijo Ryan.

Sean entró descalzo en la sala de estar y su padre lo abrazó.

–Estamos celebrando que la señorita Kelly y yo nos vamos a casar.

Sean abrió los ojos de par en par.

–¿Va... a ser mi mamá?

Ryan besó a su hijo en la frente.

–Sí.

–¿Va a ser mi mamá y mi maestra?

Ryan asintió.

–Sí.

Sean golpeó el aire con un puño como había visto hacer a su abuelo.

–¡Yu ju!

Kelly rompió a reír sin poder contenerse. Jeremy tenía razón. ¡No sabía el lío en que se había metido!

Capítulo Doce

Sheldon y Jeremy alzaron sus vasos para brindar por Kelly y Ryan. Sean alzó su vaso de zumo.

–Por papá y mi nueva mamá.

Kelly sintió que sus ojos se llenaban de lágrimas y tuvo que parpadear.

–Gracias, Sean –dijo antes de brindar con todos–. ¡Guau! –exclamó tras tomar un pequeño trago de su vaso y sentir el fuego del licor en la garganta.

Sheldon asintió.

–Por eso saco esa botella sólo de vez en cuando.

Jeremy carraspeó sonoramente tras tomar un trago y Ryan dejó su vaso en la mesa después de hacer lo mismo.

–Creo que ya he tenido suficiente.

Jeremy tomó la botella para mirar la etiqueta.

–Nunca había oído hablar de esta marca, papá. ¿Estás seguro de que no es una bebida ilegal?

Sheldon movió la cabeza.

–Jamás pensé que mis hijos acabarían siendo unos flojos –tras terminar su vaso de un trago tomó a Sean en brazos–. Es hora de que los hombres de la casa se retiren de nuevo a la cama –lanzó un beso a Kelly antes de salir de la habitación.

Jeremy se acercó a Kelly y la abrazó.

–Felicidades de nuevo. Yo también me voy a la cama –palmeó el hombro de Ryan–. Te deseo lo mejor, hermanito.

Una vez a solas, Ryan pasó un brazo tras la cintura de Kelly.

–Quiero que vengas a mi casa conmigo. Me gustaría enseñarte algo.

–¿De qué se trata?

–Ya lo verás.

Un rato después Kelly se encontraba en medio del cuarto de estar de la casa que muy pronto iba a convertirse en su hogar. Ryan se había ausentado un momento para ir a buscar algo mientras ella echaba un vistazo. El mobiliario era formal y elegante. Cada silla, mesa y lámpara estaba meticulosamente colocada, como si la casa fuera a ser fotografiada por una revista. Había algo que no encajaba, y Kelly tardó unos momentos en darse cuenta de qué se trataba. Parecía una casa en la que no vivía nadie, lo que no era de extrañar teniendo en cuenta las circunstancias de los últimos años de la vida de Ryan. Mientras miraba a su alrededor ya iba pensando en los cambios que haría.

Estaba mirando la hilera de fotos que había

sobre la repisa de la chimenea cuando Ryan regresó. La tomó por el codo y le hizo sentarse en el sofá. Luego puso una cajita en su regazo.

–Ábrela.

Kelly abrió la cajita y vio que contenía un anillo con un diamante azul, unos pendientes de perlas y una pulsera de diamantes.

–Son preciosos, Ryan.

–Pertenecieron a mi bisabuela. Mi madre me los dio un mes antes de morir. Quería que se los diera a mi esposa.

Kelly lo miró con expresión incrédula.

–¿Por qué no se los diste a la madre de Sean?

–Se los ofrecí, pero dijo que no quería nada de segunda mano. El anillo, los pendientes y la pulsera fueron adquiridos en Cartier entre mil novecientos diecisiete y mil novecientos diecinueve.

Kelly tomó la pulsera.

–Es pesada.

–Se debe a que los diamantes están montados en platino.

–¿Y Jeremy?

–No te preocupes, princesa. Jeremy también recibió su parte –dijo Ryan, que a continuación tomó el anillo de la caja y lo introdujo en el dedo anular de la mano izquierda de Kelly. Le quedaba perfecto.

Tras extender la mano para verlo bien, Kelly apoyó la cabeza en el hombro de Ryan.

–Vamos a tener que elegir la fecha.

–¿Qué te parece el primer fin de semana del mes?

–Para eso sólo faltan tres semanas.

–Lo sé. Podemos ir a Saratoga Springs antes de que termine la temporada de carreras. Sé que como plan para una luna de miel no es ninguna maravilla, pero me gustaría que nos fuéramos, aunque sólo fuera un fin de semana. Podemos hacer el viaje de luna de miel en Navidad.

–¿Cuánto dura la temporada de carreras?

–Seis semanas.

Kelly se preguntó si podría organizarlo todo en tres semanas. Tenía que enviar las invitaciones, comprar un vestido y un anillo para Ryan.

–De acuerdo –dijo, y lo besó en la mejilla–. Volveré a Washington el fin de semana que viene para que mi hermana me ayude con las invitaciones. Y mientras estoy allí haré algunas compras.

Ryan la sentó en su regazo.

–Si necesitas ayuda con algo, dímelo.

Kelly lo besó en el cuello.

–Necesito que me lleves de vuelta a mi bungalow.

–¿Por qué?

–Porque necesito dormir un rato. Voy a necesitar toda mi energía para mis estudiantes mañana.

–Duerme aquí esta noche.

–No hasta que nos casemos.

–No me digas que voy a casarme con una chica anticuada.

–Soy más conservadora que anticuada. Eso se debe a mi experiencia con los niños. Después de todo, aprenden a partir del ejemplo.

Cuando se levantó a las seis de la mañana, Kelly se sentía como si hubiera estado en pie toda la noche. Se preparó una cafetera que consumió entera y luego llamó a su hermana.

Pamela contestó con un animado «buenos días».

–Soy Kelly, Pamela.

Su hermana permaneció un momento en silencio.

–Me has llamado Pamela en vez de Pam, así que supongo que te traes algo serio entre manos.

–Tengo que darte una buena noticia.

–¿Para cuándo esperas al niño?

–¡No estoy embarazada! –casi gritó Kelly–. Voy a casarme en el rancho dentro de tres semanas y voy a necesitar tu ayuda con las invitaciones y para hacer algunas compras.

Pamela soltó un agudo chillido.

–¡No puedo creerlo! ¡No puedo creerlo! –a continuación se escuchó un sonoro sollozo–. ¡Y no puedo creer que esté llorando! Espera un momento que me suene.

–¿Pamela? –dijo Kelly al cabo de un minuto, extrañada por la prolongada ausencia de su hermana.

–Ya estoy aquí. Tenía que darle a Leo la noticia.

–Voy a ir a veros el fin de semana.

–¿Quieres que haga algo entre tanto?

–Sí. Necesito que utilices tu talento artístico para diseñar una invitación. Y cuando vaya iremos juntas de compras a Chevy Chase.

–¿Dónde vais de luna de miel?

–Ryan y yo hemos pensado pasar un fin de semana en Saratoga Springs después de la boda. Dejaremos la luna de miel para más adelante. En cuanto cuelgue voy a llamar a mamá para darle la noticia.

–¿Kel?

–¿Sí, Pam?

–Me siento muy feliz por ti.

–Gracias, hermanita.

Kelly colgó y a continuación marcó el número de su madre. La llamada duró menos de cinco minutos, y cuando concluyó le llegó el turno a Kelly de llorar de alegría.

Se había instalado un estrado portátil bajo una tienda lo suficientemente grande como para que cupieran debajo los noventa invitados a la boda.

Kelly estaba junto a Ryan, repitiendo sus votos con los ojos cerrados. Temía ponerse a llorar si lo miraba. Las manos le temblaron cuando introdujo el anillo en el dedo de su prometido.

Oyó que el juez le decía a Ryan que podía besar a la novia y su mundo pareció quedar en suspenso hasta que sintió la presión de sus firmes labios sobre los de ella, sellando su destino. Acababa de convertirse en la señora de Ryan Jackson Blackstone.

Ryan la estrechó entre sus brazos como si quisiera estrujarla. Había corrido la carrera y había ganado el primer premio.

—¿No te lo había advertido, señora Blackstone?

—¿Qué me habías advertido? —susurró ella contra su boca.

—Que nunca me arrepiento de lo que hago.

La sonrisa de Kelly fue tan radiante como el sol que los iluminaba.

—Yo tampoco, señor Blackstone.

Cuando Ryan volvió a besar a su recién estrenada esposa, todos los asistentes rompieron en un sonoro aplauso.

Epílogo

Cuatro meses después

Ryan estaba sentado tras el escritorio de su despacho con la puerta entreabierta. Al oír un ruido en la puerta alzó la mirada y vio a Mark Charlesworth con un gran jarrón que contenía una ramo de flores envuelto en papel celofán rosado.

–Han enviado esto para usted, doc.

Ryan se puso en pie y sonrió.

–¿Quién las ha enviado?

–Yo –Kelly se asomó al umbral de la puerta, sonriente.

Mark dejó el jarrón en la mesa y guiñó un ojo a Kelly antes de salir del despacho. La señorita Kelly le había pedido que llevara el jarrón porque no quería levantar nada pesado. El brillo de sus ojos y su misteriosa sonrisa significaban que el veterinario iba a recibir una maravillosa noticia.

Mark había recibido un ramo de flores de la señorita Kelly después de aprobar sus exámenes. ¡Iba a ir a la universidad! Echaría de menos el rancho, pero estaba convencido de que algún día volvería allí... como veterinario.

Kelly miró a Ryan mientras éste la observaba.

–Felicidades, doctor Blackstone.

Ryan se acercó a ella con la mirada fija en sus labios.

–¿Por qué, señora Blackstone?

Kelly tomó la mano izquierda de su marido y le hizo apoyarla sobre su vientre.

–Por esto.

Ryan abrió los ojos de par en par con expresión de asombro.

–¿Estás segura?

Kelly bajó la mirada.

–Tan segura como de que voy a amarte siempre

Feliz, Ryan la tomó en brazos y empezó a dar vueltas sobre sí mismo hasta que ella le rogó que se detuviera.

–¡Yu ju! –exclamó él con todas sus fuerzas.

–¡Yu ju! –exclamó también Kelly, contagiada por su alegría.

Tras repetir varias veces su grito de triunfo a todo pulmón, Ryan inclinó la cabeza para besarla. Aún se estaban besando apasionadamente cuando algunos de los trabajadores del rancho acudieron a ver a qué se debían aquellos gritos.

Tres hombres se asomaron a la puerta para

ver a su jefe acunando a su esposa contra su pecho. Tras ver el ramo de flores, se miraron, sonrientes.

–Algo me dice que pronto vamos a tener algo más que celebrar –murmuró uno de ellos.

Y los ranchos Blackstone tenían mucho que celebrar. Sus jinetes habían salido ganadores en cinco de las carreras en las que habían participado.

Pero la mayor celebración de todas estaba aún por llegar... con el nacimiento de un nuevo Blackstone para el siguiente verano.

Deseo®

Su amor secreto

Judith Arnold

Sabía que era ridículo, pero Martha
Cooper se había enamorado de su
jefe. Ella no era más que una sencilla
contable, mientras que él era un sueño hecho realidad. Había tenido un
sueño erótico con él y, desde entonces, su vida no había vuelto a ser la
misma. Para su sorpresa, Blake comenzó a mirarla con pasión...
Y entonces hicieron el amor salvaje-
mente. Pero él seguía siendo el jefe y
el tipo de hombre completamente ina-
decuado para ella. Sin embargo, parecía que había algo que los unía...

**Por mucho que supiera que era imposible,
tenía derecho a soñar, ¿no?**

¡YA EN TU PUNTO DE VENTA!

Acepte 2 de nuestras mejores novelas de amor GRATIS

¡Y reciba un regalo sorpresa!

Julia®

Lori Jarret había conocido al duro ayudante del sheriff Gabe Walker cuando todavía no había logrado superar una terrible enfermedad. Él había visto lo peor de ella y la había ayudado a recuperarse. Aunque la había salvado, aquel encuentro había sido más que suficiente para ambos.

Pero con su suerte, ¿quién podía ser el invitado sorpresa de la casa que acababa de alquilar Lori y que supuestamente estaba vacía?

La tranquilidad que buscaba para reflexionar se convirtió en algo muy diferente gracias al guapísimo agente... sobre todo después de que él descubriera que ella guardaba un secreto...

Almas perdidas
Karen Sandler

Almas perdidas

Karen Sandler

Él era un hombre al que no quería volver a ver...

Bianca®

**Tenía el poder de destruirla...
a menos que le diera lo que deseaba**

El duque de Mandala era famoso por conseguir todo lo que deseaba. Era un playboy siciliano a quien sus millones y su encanto siciliano lo hacían peligrosamente atractivo...

Isobel Roche sabía todo aquello antes incluso de conocer a Alessandro, pero nada podría haberla preparado para enfrentarse a sus dotes de seductor...

El duque siciliano

Madeleine Ker